重庆市普通高中精品选修课程教材

唐宋词选读

薛成亮　编著

重庆出版集团　重庆出版社

图书在版编目（CIP）数据

唐宋词选读 / 薛成亮编著 . — 重庆：重庆出版社，
2022.3（2024.1重印）
ISBN 978-7-229-16522-2

Ⅰ . ①唐… Ⅱ . ①薛… Ⅲ . ①唐宋词—选集 Ⅳ .
① I222.84

中国版本图书馆 CIP 数据核字（2022）第 000715 号

唐宋词选读
TANGSONGCI XUANDU
薛成亮 编著

责任编辑：李云伟
责任校对：朱彦谚
装帧设计：白一岑

重庆出版集团
重庆出版社 出版
重庆市南岸区南滨路 162 号 1 幢 邮政编码：400061 http://www.cqph.com
三河市南阳印刷有限公司印刷
重庆出版集团图书发行有限公司发行
E-MAIL:fxchu@cqph.com 邮购电话：023-61520646
全国新华书店经销

开本：710mm×1000mm 1/16 印张：7.5 字数：200 千
2022 年 3 月第 1 版 2024 年 1 月第 2 次印刷
ISBN 978-7-229-16522-2
定价：48.00 元

如有印装质量问题，请向本集团图书发行有限公司调换：023-61520678

2018 年重庆市普通高中精品选修课程 "唐宋词选读" 项目建设人员

主 持

薛成亮

参 与

赵 艳	黎 明	刘金玲	邓德忠	李友志	杜发珍
刘 倩	闫 凤	肖成晏	侯晓凤	刘 攀	张花维
吴 静	李清华	孟 姝			

前　言

无论怎么说，要学好语文，多读多背，都是十分必要的。

记得我刚参加工作时，语文水平低得可怜，可偏偏又承担了初中语文教学工作。怎么办？我本愚钝，只得采取笨办法。于是，我努力去读古今诗文，逼着自己去背诵唐诗宋词元曲。读着背着，渐渐地，我感觉自己的语文水平有所提升，至少是在阅读能力方面有明显的提升。可以说，我从多读多背中尝到了甜头。

后来，我担任了高中语文教学工作。作为语文教师，我也很想让我的学生多读点书。但是，现实很"骨感"。学生手头的书籍十分有限，读书的时间更是有限得很。想让学生博览群书，是不可能的。怎么办？比较可行的办法就是让学生阅读精选本，就像吃压缩饼干一样，哪怕只吃一小块，也可聊以充饥。从 2009 年开始，我便萌生了给学生提供一块"压缩饼干"的念头。这时，我首先想到的就是唐宋词精选本。

老实说，在诗词曲这三种古典诗歌样式中，我最喜欢的还是词。究其原因，除了个人的偏好之外，主要还在于词本身的魅力。其魅力的核心就在于它真挚的情感和高妙的表现艺术。诚如焦循所言："夫诗，……不质直言而比兴言之，不言理而言情，不务胜人而务感人。"词，正具备这样的特点。王兆鹏先生在《唐宋词分类选讲》中说得尤为透彻："词经温庭筠定型以后，就与诗歌划清了'界线'，形成了一种自觉的分工：诗言志，兼叙事；而词只言情，且多言私情、柔情，以小巧为美，以秾艳为美。词体只书写个体化、私人化的生活空间、隐秘幽微的情感世界，不涉及士大夫社会化、政治化的生活世界和情怀志向。比之人物，诗如壮夫，词如艳妇。"

于是，我开始选词。选词的标准是：文质兼美、语浅情深、格调高雅、篇幅较小，兼顾朝代、作家、题材、风格。将自己最喜爱的几十首唐宋词，刨去初高中课本中出现的那部分后剩下的三十来首按写作时间的先后顺序集合在一起，命名为"唐宋词选读"。将《唐宋词选读》印发给学生后，学生的反响不错。此后，我所选编的《唐宋词选读》便成了我献给每一届学生的"保留节日"。

不过，我发现，仅仅将三十来首唐宋词的白文印发给学生，还是过于简单粗暴了。为了便于学生更好地学习这些词，我又从 2016 年秋季起着手对《唐宋词选读》进行扩充，在正文后设置六个栏目：格律、注释、简析、名句、链接、练习。

"格律"，是为了让学生直观感受"倚声填词"的道理，让学生读一首，会一类。

"注释"，力求简明扼要。

"简析"，力求语言通俗，文字简明，直击要害；"简析"文字，大部分由我在参照专家赏析文字的基础上撰写而成，少部分则径用词学名家现成的赏析文字。

"名句"，精华中的精华。单列一栏，便于学生识记、欣赏。

"链接"，由一首词的某一个点延展开来，以期收到由点及面的效果。

"练习"，每首词后面设置一道练习题。

此外，为了让学生对词这种文学体裁有一个基本的了解，书的最后还收录了胡云翼先生的《唐宋词概说》一文。

2019 年初，"唐宋词选读"被重庆市教委列为 2018 年重庆市普通高中精品选修课程立项项目后，我又对本书作了大量的修订。

2020 年秋，巫溪县教委、巫溪县教师进修学校专家到我校召开市级精品选修课程建设工作推进会。进修校正高级教师肖立俊老师、正高级教师刘朝敏老师、高中语文教研员彭庆书老师对本书的编排提出了宝贵的修改意见。他们认为，应将所选的词按照内容、主题进行分类编排。此后，我便着手对所选词进行分类编排。经过梳理，将原有的 32 首词分为爱情相思、离情别绪、羁旅思乡、抒怀感慨、国家兴亡、咏史怀古、咏物写意七大类。分类编排之后，发现新的编排好处多多：每个大类有明确的主题，学生学习的指向性会更明确；同时，同类词的不同篇目之间有同有异，"异"可显个性，"同"能明共性，可收到"1+1＞2"的效果。遗憾的是，每类词所收篇目数量悬殊，"爱情相思"类多达 9 篇，而"咏史怀古"类只有 1 篇。但受学时的限制，无法再增加篇目，也就只好如此了。

　　本书编写，历时数年，凡三易其稿。成如容易却艰辛，个中滋味，唯有自知。但受本人学识的限制，本书的缺点和错误在所难免，敬请专家、同仁不吝赐教。但书中所收词作、"链接"等内容都很精彩。我相信，同学们只要潜心钻研，就一定会有收获的。

薛成亮
2021 年 8 月

目录

目录

一

衣带渐宽终不悔，
为伊消得人憔悴

——爱情相思篇

　　"词为艳科"，可以大写爱情。因此，词就成了抒写爱情的理想载体。钱钟书先生《宋诗选注·序》中指出："爱情，尤其是在封建礼教眼开眼闭的监视之下，那种公然走私的爱情，从古体诗里差不多全部撤退到近体诗里，又从近体诗里大部分迁移到词里。"

1. 菩萨蛮

敦煌曲子词

枕前发尽千般愿[1]，要休[2]且待青山烂。
水面上秤锤浮，直待黄河彻底枯。

白日参辰[3]现，北斗[4]回[5]南面。
休即未能休，且待三更见[6]日头。

------ 格 律 ------

菩萨蛮

中仄中仄平平仄（仄韵）　中平中仄平平仄（叶仄）　中仄仄平平（换平韵）
中平平仄平（叶平）

中平平仄仄（再换仄韵）　中仄平平仄（叶仄）　中仄仄平平（三换平韵）
中平平仄平（叶平）

注："平"指平声，"仄"指仄声，"中"指可平可仄。"叶"，读 xié, 指叶韵，也作"谐韵""协韵"，指有些韵字如读本音，便与同诗其他韵脚不合，须改读某音，以协调声韵。"叶平"指叶平声韵，"叶仄"指叶仄声韵。另，后文中的"句"指句末停顿，"豆"指句中停顿，"韵"指押韵。

注释

[1] 愿：盟誓。
[2] 休：罢休，断绝。这里指男女双方停止相爱。
[3] 参（shēn）辰：二星名。参星在西方，辰星（即商星）在东方，此出彼没，互不相见。参辰二星在夜间已不可能同时出现于天空，更何况在白昼。

[4]北斗：星座名，以位置在北、形状如斗而得名。

[5]回：转移。

[6]见：同"现"。

简析

　　这首词写青年男女相爱的誓词。为了强化海枯石烂永不变心坚决的态度，抒情主人公不是直接说"爱你到永远"之类的话，而是从反面假设，提出不再相爱的六个条件：青山烂、水面上秤锤浮、黄河彻底枯、白日参辰现、北斗回南面、三更见日头。而这些条件是不可能实现的，因此，停止相爱也就是绝不可能的。

　　这种写法，并非这首《菩萨蛮》的独创，早在汉代的乐府诗《上邪》就采用了这种写法。这首《菩萨蛮》，在写法上与《上邪》很相似，显然是受到《上邪》的启发而写成的。

　　这种写法，也被当代作家琼瑶借鉴。且看琼瑶为电视连续剧《还珠格格》写的一段歌词：

　　当山峰没有棱角的时候　　当河水不再流

　　当时间停住日夜不分　　当天地万物化为虚有

　　我还是不能和你分手　　不能和你分手

　　你的温柔是我今生最大的守候

　　当太阳不再上升的时候　　当地球不再转动

　　当春夏秋冬不再变化　　当花草树木全部凋残

　　我还是不能和你分散　　不能和你分散

　　你的笑容是我今生最大的眷恋

上 邪

上邪（yé）！我欲与君相知，长命无绝衰。

山无陵，江水为竭，冬雷震震，夏雨（yù）雪，天地合，乃敢与君绝!

练习

这首词和汉乐府诗《上邪》，在表达感情和运用手法上都很相似。试谈谈二者的相似之处。

2. 长相思

〔唐〕白居易

汴水流，泗水流，流到瓜州古渡头。
吴山[1]点点愁。

思悠悠[2]，恨悠悠，恨到归[3]时方始休。
月明人倚楼。

格　律

长相思

中中平（韵）　中中平（叠）　中仄平平中仄平（韵）　中平中仄平（韵）
中中平（韵）　中中平（叠）　中仄平平中仄平（韵）　中平中仄平（韵）

注释

[1] 吴山：泛指江南的群山。

[2] 悠悠：无穷无尽。

[3] 归：指离家外出的男子的归来。

简析

　　"长相思"是这首词的词牌。早期的词作，词牌往往与词的内容有一定的关系。后来作词，往往是"倚声填词"，词牌只是用来标示词的形式，与词的内容渐渐脱离关联，要标示词的内容，就得另拟"题目"。这首词的词牌与内容相一致，词的主题就是"长相思"。

从末句"月明人倚楼"来看，这首词写的是一个月下凭楼远眺的女子的长相思。上片侧重写景，下片侧重抒情，抒写了女子的相思之"愁"与"恨"。词中特别值得关注的是"汴水""泗水"这两个意象。两个意象意蕴丰富，将上下两片很好地关联起来。人民文学出版社《唐宋词选》指出："河水的曲折长流，象征着她与爱人的距离的遥远。水再长，总要流归大海；人远去，却不见返家。另一方面，水长又象征着她自己的相思之长。"

名句

思悠悠，恨悠悠，恨到归时方始休。

练习

请说说词中"水"的象征意义。

3. 谒金门

〔五代〕冯延巳

风乍[1]起，吹皱一池春水。
闲引[2]鸳鸯香径里，手挼[3]红杏蕊。

斗鸭阑干[4]独倚，碧玉搔头[5]斜坠[6]。
终日望君君不至，举头闻鹊[7]喜。

格　律

谒金门

平中仄（韵）　平仄仄平平仄（韵）　中仄中平平仄仄（韵）　仄平平
仄仄（韵）

中仄中平中仄（韵）　中仄中平平仄（韵）　中仄中平平仄仄（韵）　仄
平平仄仄（韵）

注释

[1] 乍：忽然。

[2] 引：逗引。

[3] 挼（ruó）：揉搓。

[4] 斗鸭阑干：圈养斗鸭的栅栏。

[5] 碧玉搔头：碧玉簪。

[6] 坠：下垂。

[7] 鹊：古人认为喜鹊鸣叫是喜事临门的征象。

　　这首词的中间四句，通过几个细节，写出了女子独处的寂寞无聊：一会儿逗引鸳鸯，一会儿观看斗鸭。最后两句才透露出女子寂寞无聊的原因："终日望君君不至。"原来是"日日思君不见君"的相思，使女子感到寂寞无聊。不过，喜鹊的一声鸣叫，犹如"风乍起，吹皱一池春水"的景象一样，她的内心也荡起了一丝喜悦。然而，喜鹊报喜，未必灵验。女子所思念的人，并不会因为喜鹊报喜就出现在她的面前。"喜"之后，她将会再度陷入相思之中。

名句

风乍起，吹皱一池春水。

链 接

佳 话

　　据《南唐书》卷二十一记载，南唐中主李璟曾和冯延巳开玩笑说："'吹皱一池春水'，干卿何事？"冯延巳回答说："未如陛下'小楼吹彻玉笙寒'！"由此可见，"风乍起，吹皱一池春水"，在当时已是为人传诵的名句。

练习

　　请简要分析词的上阕是如何写女主人公的寂寞的。

4. 蝶恋花[1]

〔宋〕晏 殊

槛[2]菊愁烟兰泣露，罗幕轻寒，燕子双飞去。

明月不谙[3]离恨苦，斜光到晓穿朱户[4]。

昨夜西风凋碧树[5]，独上高楼，望尽天涯路。

欲寄彩笺兼尺素[6]，山长水阔知何处！

＼格 律／

蝶恋花

（又名"鹊踏枝""凤栖梧"）

中仄中平平仄仄（韵） 中仄平平（句） 中仄平平仄（韵）
中仄中平平仄仄（韵） 中平中仄平平仄（韵）
中仄中平平仄仄（韵） 中仄平平（句） 中仄平平仄（韵）
中仄中平平仄仄（韵） 中平中仄平平仄（韵）

注释

[1]蝶恋花：词牌名，又名"凤栖梧""鹊踏枝"。

[2]槛（jiàn）：这里指花池的围栏。

[3]不谙（ān）：不了解，没有经验。谙：熟悉，了解。

[4]朱户：犹言朱门，指大户人家。

[5]凋：衰落。碧树：绿树。

[6]彩笺：古人用来题诗的一种精美的纸，这里代指题咏。尺素：书信的代称。古
人写信用素绢，通常长约一尺，故称尺素。

　　这一首词写相思离别。词的上片侧重写景，景中含情。头三句着意描写清晨所见，给人以凄怆之感。这里，作者成功地使用了"移情"手法。所谓"移情"，就是将自己的情感，投射到外物身上，仿佛外物也感染上与自己相同的情绪，与自己同悲同喜，形成共振，从而强化自己内心的情感。作者眼中的菊、兰等物，也仿佛感染了人的伤感，"愁"着"泣"着，点出了伤离怨别之意。"明月"二句"怨物"，明明是人因相思而彻夜无眠，偏偏迁怒于他物，埋怨月亮"不谙"离恨之苦，将其光辉通宵照着窗户。"明月"的无情，恰恰反衬出主人公的多情与深情，强化了离恨。下片承"离恨苦"而来，通过"独上高楼，望尽天涯路"这一典型情节的叙写，进一步深化了离愁别恨。而最末两句，写想要寄封信，不知寄何处，将怨别伤离之情推向了极致。

名句

　　（1）昨夜西风凋碧树，独上高楼，望尽天涯路。

　　（2）欲寄彩笺兼尺素，山长水阔知何处！

练习

　　请从情景结合的角度，赏析"昨夜西风凋碧树"中"凋"字的丰富内涵。

5. 生查子

〔宋〕欧阳修

去年元夜^[1]时，花市灯如昼。
月上柳梢头，人约黄昏后。

今年元夜时，月与灯依旧。
不见去年人，泪湿春衫袖。

格 津

生查子

| 中平中仄平（句） | 中仄平平仄（韵） | 中仄仄平平（句） | 中仄平平仄（韵） |
| 中平中仄平（句） | 中仄平平仄（韵） | 中仄仄平平（句） | 中仄平平仄（韵） |

注释

[1]元夜：元宵之夜。农历正月十五为元宵节。自唐朝起，有元夜观灯的民间风俗。

简析

　　这首词的作者，也有人认为是朱淑真。此词写女主人公旧情难续的感伤。这首词在构思上最大的特点是构建今昔对比。去年"人约黄昏后"，她感到生活美好；而今年"不见去年人"，使她感到无限痛苦。去年的甜蜜与今年的痛苦构成强烈的对比，而对比无疑强化了女子的痛苦，正如登高必跌重一样，女子仿佛从去年的甜蜜云霄一下子跌进了今年的痛苦深渊。为了进一步强化对比的效果，作者还有意设置相同的背景，同样的"元夜"，同样的"月与灯"，借"同"显"异"，借相同的背景来凸显遭遇与心境的巨大差异。

月上柳梢头，人约黄昏后。

链 接

对 比

这首词的写法，与唐代诗人崔护的《题都城南庄》很相似，都是"将情节概括在一个对比里面"。今年与去年相比，时间、景象相同，然而"去年人"却见不到了。不变的时间、景象与变幻的人事形成巨大的反差，去年的甜美与今年的惆怅构成强烈的对比，给人以"物是人非事事休，欲语泪先流"的强烈感受。

附：

题都城南庄

崔 护

去年今日此门中，人面桃花相映红。
人面不知何处去，桃花依旧笑春风。

练习

这首词主要运用了什么表现手法？请分析其表达效果。

6. 蝶恋花

〔宋〕欧阳修

庭院深深深几许[1]？杨柳堆烟[2]，帘幕无重数。
玉勒雕鞍[3]游冶处，楼高不见章台[4]路。

雨横[6]风狂三月暮。门掩黄昏，无计留春住。
泪眼问花花不语，乱红[6]飞过秋千去。

格 律

蝶恋花

（又名“鹊踏枝”“凤栖梧”）

中仄中平平仄仄（韵） 中仄平平（句） 中仄平平仄（韵）
中仄中平平仄仄（韵） 中平中仄平平仄（韵）
中仄中平平仄仄（韵） 中仄平平（句） 中仄平平仄（韵）
中仄中平平仄仄（韵） 中平中仄平平仄（韵）

注释

[1] 深深：极言其深。深几许：到底有多深。

[2] 堆烟：杨柳上笼罩着烟雾。

[3] 玉勒雕鞍：代指华丽的车马。

[4] 章台：汉长安街名。后人用作游冶之地的代称。

[5] 横（hèng）：凶暴。

[6] 乱红：凌乱的落花。

此首写闺怨。

上片侧重写景。头三句写庭院的幽深。景中含情，暗示了女子的心灵被禁锢、被隔绝的状态。后两句写在深深的庭院中，女子独处高楼，目光透过重重帘幕、堆烟杨柳，眺望她丈夫经常游冶的地方。

下片侧重抒情。暮春三月，雨横风狂，想要留住春天，却又无可奈何。这里的"春"，语带双关，既指自然之春，又指人生之春。女子无法留住自然之春，无法留住自己的芳华，无法留住游冶章台的丈夫，岂不伤心，岂不流泪？于是向与自己命运相似的花儿倾诉。然而，花儿非但不语，反而飞过秋千去。有情的人，无情的花，全都对她冷漠以待，她怎能不伤心呢？"泪眼"两句，意蕴丰富，清人毛先舒阐释道：因"花"而有"泪"，此一层意也。因"泪"而"问花"，此一层意也。"花"竟"不语"，此一层意也。不但不语，且又"乱"落"飞过秋千"，此一层意也。人愈伤心，"花"愈恼人，语愈浅而意愈入，又绝无刻画费力之迹，谓非层深而浑成耶。

名句

泪眼问花花不语，乱红飞过秋千去。

/ 链 接 /

王国维《人间词话》（节选）

[一] 词以境界为最上。有境界，则自成高格，自有名句。五代、北宋之词所以独绝者在此。

[二] 有造境，有写境，此"理想"与"写实"二派之所由分。然二者颇难分别，因大诗人所造之境必合乎自然，所写之境亦必邻于理想故也。

[三] 有有我之境，有无我之境。"泪眼问花花不语，乱红飞过秋千去"，"可

堪孤馆闭春寒，杜鹃声里斜阳暮"，有我之境也。"采菊东篱下，悠然见南山"，"寒波澹澹起，白鸟悠悠下"，无我之境也。有我之境，以我观物，故物皆著我之色彩。无我之境，以物观物，故不知何者为我，何者为物。古人为词，写有我之境者为多。然未始不能写无我之境，此在豪杰之士能自树立耳。

〔四〕无我之境，人唯于静中得之。有我之境，于由动之静时得之。故一优美，一宏壮也。

〔五〕自然中之物，互相关系，互相限制。然其写之于文学及美术中也，必遗其关系限制之处。故写实家亦理想家也。又虽如何虚构之境，其材料必求之于自然，而其构造亦必从自然之法律。故理想家亦写实家也。

〔六〕境非独谓景物也，喜怒哀乐亦人心中之一境界。故能写真景物真感情者，谓之有境界。否则谓之无境界。

〔七〕"红杏枝头春意闹"，着一"闹"字而境界全出；"云破月来花弄影"，着一"弄"字而境界全出矣。

〔八〕境界有大小，不以是而分优劣。"细雨鱼儿出，微风燕子斜"，何遽不若"落日照大旗，马鸣风萧萧"？"宝帘闲挂小银钩"，何遽不若"雾失楼台，月迷津渡"也。

〔九〕严沧浪《诗话》谓："盛唐诸公唯在兴趣，羚羊挂角，无迹可求。故其妙处，透澈玲珑，不可凑拍，如空中之音，相中之色，水中之影，镜中之象，言有尽而意无穷。"余谓北宋以前之词亦复如是。然沧浪所谓"兴趣"，阮亭所谓"神韵"，犹不过道其面目，不若鄙人拈出"境界"二字为探其本也。

练习

温庭筠《惜花词》中有"百舌问花花不语"，严恽也曾在《落花》中写出"尽日问花花不语"，与欧阳修的"泪雨问花花不语"相比，你更喜欢哪一句？请说明理由。

7. 凤栖梧 [1]

〔宋〕柳 永

伫倚危楼 [2] 风细细，望极春愁，黯黯 [3] 生天际。
草色烟光残照里，无言谁会凭阑意。

拟把疏狂 [4] 图一醉，对酒当歌，强乐 [5] 还无味。
衣带渐宽 [6] 终不悔，为伊消得 [7] 人憔悴。

╲格 律╱

凤栖梧

（又名"鹊踏枝""蝶恋花"）

中仄中平平仄仄（韵）　中仄平平（句）　中仄平平仄（韵）
中仄中平平仄仄（韵）　中平中仄平平仄（韵）
中仄中平平仄仄（韵）　中仄平平（句）　中仄平平仄（韵）
中仄中平平仄仄（韵）　中平中仄平平仄（韵）

注释

[1] 凤栖梧：词牌名，又名"蝶恋花""鹊踏枝"。

[2] 伫：久立。危楼：高楼。

[3] 黯黯：形容心情沮丧。

[4] 拟把：打算。疏狂：散漫不检点。

[5] 强（qiǎng）乐：勉强作乐。

[6] 衣带渐宽：指人逐渐消瘦。语本古诗《行行重行行》："相去日已远，衣带日
已缓。"

[7] 伊：她。消得：值得。

简析

　　这是一首怀人之作。此类词作，贵在情真，贵在含蓄。上片写远望愁生。主人公久立高楼，极目远眺，无边的春草，触发了主人公的"春愁"。"春愁"究竟指什么？作者不愿说破，而是用"无言谁会凭阑意"宕开，含而不露。下片前三句，主人公深感"春愁"之沉重，于是打算借酒浇愁，以求得心灵的暂时解脱。然而这种努力是徒劳的，"强乐还无味"。至此，作者还是没有透露"春愁"的消息。直到末两句才把消息透露出来。原来，所有的愁，皆因"伊"而生：为"伊"而愁，为"伊"而瘦，为"伊"而憔悴。但一切都值得，无怨无悔。末两句写出了情之真，情之深，情之坚，成为写爱情的千古名句。

名句

　　衣带渐宽终不悔，为伊消得人憔悴。

练习

　　"衣带渐宽终不悔，为伊消得人憔悴"，语本古诗《行行重行行》："相去日已远，衣带日已缓。"试分析二者情感的异同。

8. 卜算子

〔宋〕李之仪

我住长江头，君住长江尾。
日日思君不见君，共饮长江水。

此水几时[1]休，此恨何时已[2]。
只愿君心似我心，定不负相思意。

格　律

卜算子

中仄仄平平（句）　中仄平平仄（韵）　中仄平平仄仄平（句）
中仄平平仄（韵）
中仄仄平平（句）　中仄平平仄（韵）　中仄平平仄仄平（句）
中仄平平仄（韵）

注释

[1] 几时：何时。
[2] 已：罢休。

简析

　　此首词写得语浅情深。整首词围绕"长江水"这一意象展开。上片写一住长江头，一住长江尾，突出二人相距遥远，"我"思念之深沉。好在二人能"共饮长江水"，给"我"思念的心一点慰藉。下片先将"水"与"恨"联系起来，用"水"来暗喻"恨"，突出"我"的"恨"之绵绵无尽。一方水土养一方人，一条江水也应养出一样的人吧。二人"共饮长江水"，"君"的心也应该和"我"的心一样吧。只有这样，"我"的思念才算没有被辜负。

名句

　　（1）日日思君不见君，共饮长江水。

　　（2）此水几时休，此恨何时已。只愿君心似我心，定不负相思意。

练习

　　结合具体词句，简析这首词的语言风格。

9. 钗头凤

〔宋〕陆　游

红酥手，黄縢酒[1]，满城春色宫墙[2]柳。

东风[3]恶，欢情薄。

一怀愁绪，几年离索[4]。

错，错，错！

春如旧，人空瘦，泪痕红浥鲛绡[5]透。

桃花落，闲池阁。

山盟[6]虽在，锦书[7]难托。

莫，莫，莫！

格　律

钗头凤

平平仄（韵）　平平仄（叶仄）　仄平平仄平平仄（叶仄）　平平仄（换仄）　平平仄（叶二仄）　中平平仄（句）　仄平平仄（叶二仄）　仄（叶二仄）　仄（叠）　仄（叠）

平平仄（叶首仄）　平平仄（叶首仄）　仄平平仄平平仄（叶首仄）　平平仄（叶二仄）　平平仄（叶二仄）　中平平仄（句）　仄平平仄（叶二仄）　仄（叶二仄）　仄（叠）　仄（叠）

注释

[1] 黄縢（téng）酒：酒名。

[2] 宫墙：南宋以绍兴为陪都，因此有宫墙。

[3] 东风：喻指破坏了作者爱情生活的人。

[4] 离索："离群索居"的缩略语，这里指离散。

[5] 浥（yì）：湿润。鲛绡（jiāo xiāo）：神话传说鲛人所织的绡，极薄，后用以泛指薄纱，这里指手帕。

[6] 山盟：爱情的盟誓，像山一样坚定不移。

[7] 锦书：书信。

简析

这首词相传是陆游三十一岁时，为怀念与他被迫离婚的前妻唐婉而作。它反映了一出封建礼教压迫下的爱情悲剧，表现了作者因爱情遭到破坏而产生的痛苦、怨恨和无可奈何的心情。

上片头三句写陆游、唐婉沈园相会、使女致酒的场景。"红""黄"等词，色彩鲜明，反衬出词人的"一怀愁绪"。四、五句，"东风"带有比喻性质，指造成他们夫妻离散的社会环境。陆游、唐婉之间的感情是深厚的，但在"东风"面前，无能为力，着一"薄"字，反映出陆游内心的愧疚。下片，从唐婉的角度来写，设想唐婉回到赵家后的心情与处境。人空瘦，泪洗面，纵有山盟，难托锦书，表现出无可奈何的哀怨。

链接

背 景

据说，陆游原娶舅父唐闳之女唐婉，夫妻相爱，但陆游的母亲不喜欢唐氏，遂被迫离婚，唐氏改嫁同郡赵士程。在一次春游中，二人偶遇于沈园（在浙江绍兴）。唐氏遣人送酒肴致意。陆游"怅然久之"，就题了《钗头凤》这首词在园壁上。

唐婉为和答陆游之作，也写了一首《钗头凤》："世情薄，人情恶，雨送黄昏花易落。晓风干，泪痕残。欲笺心事，独语斜阑。难，难，难！人成各，今非昨，病魂常似秋千索。角声寒，夜阑珊。怕人寻问，咽泪装欢。瞒，瞒，瞒！"

陆游七十五岁时，曾作《沈园》二绝："城上斜阳画角哀，沈园非复旧池台。伤心桥下春波绿，曾是惊鸿照影来"，"梦断香消四十年，沈园柳老不吹绵。此身行作稽山土，犹吊遗踪一泫然"。似乎可以看作是对其《钗头凤》词的自注。

练习

"人空瘦"中的"空"字有何妙处？

二

离恨恰如春草，
更行更远还生

——离情别绪篇

离别，与相思紧密联系在一起。离别，也是词的常见题材。江淹《别赋》"黯然销魂者，唯别而已矣"，为离别诗定下了感伤的基调。离别词，也同样如此。

24

10. 更漏子

〔唐〕温庭筠

玉炉香，红蜡泪，偏照画堂[1]秋思[2]。
眉翠薄，鬓云[3]残，夜长衾[4]枕寒。

梧桐树，三更雨，不道[5]离情正苦。
一叶叶，一声声，空阶滴到明。

／格　律／

更漏子

仄平平（句）　平仄仄（仄韵）　中仄中平中仄（叶仄）

中仄仄（句）　仄平平（换平韵）　中平中仄平（叶平）

平中仄（再换仄韵）　中平仄（叶仄）　中仄中平中仄（叶仄）

中中仄（句）　仄平平（三换平韵）　中平中仄平（叶平）

注释

[1] 画堂：华丽的堂舍。

[2] 秋思：秋天所产生的思绪。

[3] 鬓（bìn）云：像云雾一样浓密的鬓发。

[4] 衾（qīn）：被子。

[5] 不道：不管、不顾。

简析

　　此首写离情。全篇按从白天到黑夜，从黑夜到天明的时间顺序来叙写离情，写出离情时时萦绕、挥之不去的痛苦。上片，起三句写境，次三句写人。画堂之内，只有炉香、蜡泪陪伴，无比凄凉寂寞。挨到深夜，仍是辗转反侧、思极无眠。下片，承接"夜长"而来，单写梧桐夜雨，语浅情深。词中"偏照""不道"两处，主人公怨天尤"物"，通过抱怨"物"的无情，来宣泄内心无法排解的愁苦，感人至深。

名句

　　梧桐树，三更雨，不道离情正苦。一叶叶，一声声，空阶滴到明。

链接

　　李清照《声声慢（寻寻觅觅）》"梧桐更兼细雨，到黄昏，点点滴滴"，取自"梧桐树，三更雨，不道离情正苦。一叶叶，一声声，空阶滴到明"。

练习

　　联系李清照的"梧桐更兼细雨，到黄昏，点点滴滴"，说说"梧桐""细雨"等意象在古诗词中的常见意蕴。

11. 生查子

〔五代〕牛希济

春山烟欲收[1]，天淡星稀小。
残月脸边明，别泪临清晓[2]。

语已多，情未了，回首犹重道[3]：
记得绿罗裙，处处怜[4]芳草。

＼格 律／

生查子

中平中仄平（句）　中仄平平仄（韵）　中仄仄平平（句）　中仄平平仄（韵）
中平中仄平（句）　中仄平平仄（韵）　中仄仄平平（句）　中仄平平仄（韵）

注释

[1] 烟欲收：山上的雾气渐渐地收敛。

[2] 临：接近。清晓：黎明。

[3] 重（chóng）道：再次地说。

[4] 怜：爱怜。

简析

　　此首写别情。上片写别时景，下片写别时情。烟欲收，星稀小，写的是黎明景象。"清晓""残月"，景尤凄清，酷似"杨柳岸、晓风残月"。残月映脸，别泪晶莹，写出当时人之愁情。下片换头"回首犹重道"这一细节，写出女子的语短情长。着末的嘱咐语，看似荒谬，实则情痴，诚如唐圭璋先生《唐宋词简释》所言："揭出别后难忘之情，以处处芳草之绿，而联想人罗裙之绿，设想似痴，而情则极挚。"

名句

（1）语已多，情未了，回首犹重道。
（2）记得绿罗裙，处处怜芳草。

链 接

细节描写

　　"语已多，情未了，回首犹重道"，与唐代诗人张籍《秋思》"复恐匆匆说不尽，行人临发又开封"，都是通过细节描写，形象地表现出人物内心的未了情、万重意。

练习

　　"语已多，情未了，回首犹重道"，与唐代诗人张籍《秋思》"复恐匆匆说不尽，行人临发又开封"，都是通过细节描写，形象地表现出人物内心的未了情、万重意。试加以具体说明。

12. 清平乐

〔五代〕李 煜

别来春半，触目愁肠断。
砌[1]下落梅如雪乱，拂了一身还满[2]。

雁来音信无凭[3]，路遥归梦难成。
离恨恰如春草，更行更远还生。

格律

清平乐

中平中仄（仄韵） 中仄平平仄（叶仄） 中仄中平平仄仄（叶仄）
中仄中平中仄（叶仄）
中平中仄平平（换平韵） 中平中仄平平（叶平） 中仄中平中仄（句）
中平中仄平平（叶平）

注释

[1] 砌（qì）：台阶。

[2] 拂了一身还满：指把满身的落梅拂去了又落了满身。

[3] 雁来音信无凭：这句话是说鸿雁虽然来了，却没将书信传来。古代有凭借雁足
    传递书信的故事，故见雁就联想到了所思之人的音信。

简析

　　这首词写离情，写得深挚动人。在艺术手法方面，有两点值得关注。一是比喻的运用。词中比喻的妙处在于，景不仅仅是眼中景，也是心中情的投影。上段"砌下落梅如雪乱，拂了一身还满"，既是触目所见之景，又是就近取譬，言愁之欲去仍来，犹雪花之拂了又满。下段的"春草"无边无际，怎么也走不出春草的世界，这是离人所见，同时又是比喻，"离恨恰如春草"，言人之愈离愈远，离恨越来越重，犹草之更远还生。二是"透过一层法"的运用。离愁多如"砌下落梅"，这是一层，而离愁"拂了一身还满"，则又进了一层；离恨如春草之多，这是一层，而"更行更远还生"，则又进了一层。

名句

　　离恨恰如春草，更行更远还生。

───────────／ 链 接 ／───────────

春草萋萋寄离情（节选）

川雪

　　春草既是报春的使者，更是诗人寄托离情别绪的载体。而美好的春色又总能逗引起怀念故人盼望团聚的思想感情，最能表达离别无穷无尽的情思。

　　最早出现在《楚辞·招隐士》中的春草意象，就寄托了浓郁的离别情思：

　　王孙游兮不归，春草生兮萋萋。

　　自此之后，春草就和抒发离别相思之情结下了不解之缘，描写别离的诗人对春草这一意象十分钟情，使它成为诗词创作中一个固定的意象，而"王孙"也成为诗人笔下游子的代称。春草意象经常在后世的作品中出现。李商隐曾把这个现象概括为："见芳草则怨王孙之不归。"（《献河东公启》）绿遍天涯的萋萋芳草将人们的情思引向远方，碧草连天，寄托着诗人对远方亲友的思念，也寄托了送别亲友时依依惜别的深厚情谊。以春草为意象抒发离别情结的诗句不胜枚举：

南朝诗人江淹的《别赋》："春草碧色，春水渌波，送君南浦，伤如之何？"

南朝诗人谢灵运的《悲哉行》："萋萋春草生，王孙游有情。"

唐代诗人王维的《山中送别》："春草明年绿，王孙归不归。"（"明年"一作"年年"。）

白居易的《赋得古原草送别》："又送王孙去，萋萋满别情。"

在春草意象中，由表现别情泛化为表现怀人、思乡。春草将中国传统的"回归"精神与诗人们对家人的思念、对家园的怀念联结起来，丰富了这一意象的象征意义。

唐代诗人崔颢的《黄鹤楼》：

晴川历历汉阳树，芳草萋萋鹦鹉洲。

日暮乡关何处是，烟波江上使人愁。

南唐后主李煜的《清平乐》："离恨恰如春草，更行更远还生。"

五代词人冯延巳的《南乡子》："细雨湿流光，芳草年年与恨长。"

宋代词人秦观的《八六子》："倚危亭，恨如芳草，萋萋刬尽还生。"

练习

搜集含有"春草""芳草"意象的古诗句。

13. 踏莎行

〔宋〕欧阳修

候馆[1]梅残，溪桥柳细，草薰风暖摇征辔[2]。
离愁渐远渐无穷，迢迢[3]不断如春水。

寸寸柔肠[4]，盈盈粉泪[5]，楼高莫近危阑[6]倚。
平芜[7]尽处是春山，行人更在春山外。

—— 格 律 ——

踏莎行

中仄平平（句）　中平中仄（韵）　中平中仄平平仄（韵）
中平中仄仄平平（句）　中平中仄平平仄（韵）

中仄平平（句）　中平中仄（韵）　中平中仄平平仄（韵）
中平中仄仄平平（句）　中平中仄平平仄（韵）

注释

[1] 候馆：迎宾候客之馆舍，这里指旅社。《周礼·地官·遗人》："五十里有市，市有候馆。"

[2] 草薰：小草散发的清香。薰，香草，这里引申为香气。征：远行。辔（pèi）：驾驭马的嚼子和缰绳。这句是说在风暖草香中骑马远行。

[3] 迢迢（tiáo）：形容遥远的样子。

[4] 寸寸柔肠：柔肠寸断，形容愁苦到极点。

[5] 盈盈：泪水充溢眼眶之状。粉泪：流到脸上，与粉妆和在一起的泪水。

[6] 危阑：也作"危栏"，高楼上的栏杆。

[7] 平芜：平旷的草地。芜，草地。

　　此首词写离情。上片写行人的所见所感。起三句，写梅残柳细、草薰风暖之时，远行人信马徐行，自由自在。然而春天的美景，既令人流连忘返，也容易触动远行人的离愁。"离愁"两句，因见春水之不断，遂忆及离愁之无穷。下片，写远行人想象闺人对自己的牵挂。面对迢迢不断的离愁，主人公不再诉说自己的愁绪，而是进一步想象闺人怀柔肠，挂粉泪，登高楼，倚危阑，极目远眺，用日光搜寻那远在春山之外的远行人的情景。这种写法叫对面着笔法。写闺人对自己的无限挂念，便是对自己离情别绪的进一步深化。上下片构成递进关系。

名句

　　（1）离愁渐远渐无穷，迢迢不断如春水。
　　（2）平芜尽处是春山，行人更在春山外。

练习

　　"平芜尽处是春山，行人更在春山外"这一句运用了"透过一层法"。请分析该句这一手法的表达效果。

14. 鹧鸪天

〔宋〕晏几道

彩袖[1]殷勤捧玉钟[2]，当年拚却[3]醉颜红。
舞低杨柳楼心月，歌尽桃花扇底风[4]。

从别后，忆相逢，几回魂梦与君同[5]。
今宵剩把[6]银釭[7]照，犹恐相逢是梦中！

—— 格 律 ——

鹧鸪天

中仄平平中仄平（韵）　中平中仄仄平平（韵）　中平中仄平平仄（句）
中仄平平中仄平（韵）

平仄仄（句）　仄平平（韵）　中平中仄仄平平（韵）　中平中仄平平仄（句）
中仄平平中仄平（韵）

注释

[1] 彩袖：代指穿彩衣的歌女。

[2] 玉钟：古时指珍贵的酒杯，是对酒杯的美称。

[3] 拚（pàn）却：甘愿，不顾惜。却：语气助词。

[4] "舞低"二句：歌女舞姿曼妙，直舞到挂在杨柳树梢照到楼心的一轮明月低沉
下去；歌女清歌婉转，直唱到扇底儿风消歇。二句极言歌舞时间之久。桃花
扇，歌舞时用作道具的扇子，绘有桃花。

[5] 同：欢聚在一起。.

[6] 剩把：尽把。

[7] 银釭（gāng）：银质的灯。

　　此首为别后相逢之词。全篇分三个时段来叙写。上片，追述当年相聚的欢乐。换头，"从别后"三句，写别后相忆之深，常常魂牵梦萦。"几回魂梦与君同"，让人想到一句歌词："无数次在梦中与你相遇，惊醒之后你到底在哪里。"梦醒之后的惆怅可想而知。"今宵"两句，才归到今日相逢。别后的梦里相聚，以为是真，结果是梦。而今真的相聚了，却不敢相信这是真的，反而担心仍是一场梦。当然，确认相聚不再是梦之后的惊喜，也就不言而喻了。三个时段之间，有着内在的情感逻辑联系：有当年的相聚之乐，才有别后的魂牵梦萦；离别之后，重逢总是在梦中，而重逢之时，才会担心又是在梦中。别后梦似真，重逢翻疑梦，情感曲折微妙。

名句

　　今宵剩把银釭照，犹恐相逢是梦中！

链接

　　晏叔原："今宵剩把银釭照，犹恐相逢是梦中。"盖出于老杜"夜阑更秉烛，相对如梦寐"，戴叔伦"还作江南别，翻疑梦里逢"，司空曙"乍见翻疑梦，相悲各问年"之意。（《野客丛书》）

练习

　　请分析"今宵剩把银釭照，犹恐相逢是梦中！"所传达的微妙情感。

15. 采桑子 [1]

〔宋〕吕本中

恨君不似江楼月，南北东西。
南北东西，只有相随无别离。

恨君却似江楼月，暂满还亏 [2]。
暂满还亏，待得团圆是几时？

———————————— 格 律 ————————————

采桑子
（又名"丑奴儿"）

中平中仄平平仄（句）　中仄平平（韵）　中仄平平（韵）
中仄平平中仄平（韵）
中平中仄平平仄（句）　中仄平平（韵）　中仄平平（韵）
中仄平平中仄平（韵）

注释

[1] 采桑子：词牌名，又名"丑奴儿"等。

[2] 暂满还亏：指月亮短暂的圆满之后又会有缺失。满，此指月圆；亏，此指
　　月缺。

这首写别情的词，写得生动晓畅，具有民歌的艺术特色。比喻和构思都很巧妙。同一个比喻，在一首词里，既有"二柄"，复具"多边"，实属难得。

链 接

《采桑子》兼具比喻之二柄与多边

周振甫

词中"江楼月"的比喻，很具有艺术特色。钱钟书曾讲过"喻之二柄""喻之多边"。钱钟书所谓二柄："同此事物，援为比喻，或以褒，或以贬，或示喜，或示恶，词气迥异；修词之学，亟宜拈示。"例如，"韦处厚《大义禅师碑铭》'佛犹水中月，可见不可取'，超妙而不可即也，犹云'高山仰止，虽不能至，心向往之'，是为心服之赞词。黄庭坚《沁园春》'镜里拈花，水中捉月，觑着无由得近伊'，犹云'甜糖抹在鼻子上，只教他舐不着'，是为心痒之恨词"。同样用水中之月作比喻，一个表达敬仰之意，一个表示不满之情，感情不同，称为比喻的二柄。

"比喻有两柄而复具多边。盖事物一而已，然非止一性一能，遂不限于一功一效。取譬者用心或别，着眼因殊，指同而旨则异；故一事物之象可以孑立应多，守常处变。譬夫月，形圆而体明，圆若（若，即"与"）明之月，犹《墨经》言坚若白之石，不相外而相盈。镜喻于月，如庾信《咏镜》'月生无有桂'，取明之相似，而亦可兼取圆之相似。王禹偁《龙凤茶》'圆似三秋皓月轮'，仅取圆之相似，不及于明。'月眼''月面'均为常言，而眼取月之明，面取月之圆，各傍月性之一边也。"（节引《管锥编·周易正义·归妹》）同用月做比喻，可以比圆，又可比明亮，这是比喻的多边。

钱先生这里讲的二柄和多边，乃是指不同的作品说的，同样用月作比喻，这篇作品里是褒赞，而那篇作品里却是不满；这篇作品里比圆，而那篇作品里却比明亮。那么，有没有一篇作品里用的比喻，既具二柄，又有多边呢？这首词就是。

这首词用"江楼月"作比，词人上片里赞美"江楼月"，"南北东西，只有相随无别离"，说的是人虽到处漂泊，而明月随人，永不分离，是赞词。下片里也用"江楼月"作比，"暂满还亏，待得团圆是几时"，说的是月圆时少，缺时多，难得团圆，是恨词。

同样用"江楼月"作比，一赞一恨，是一篇中用同一事物作比喻而表达不同感情，从而具有二柄。还有，上片的"江楼月"，比喻"只有相随无别离"；下片的"江楼月"，比喻"待得团圆是几时"。一首词里，同用一个比喻，所比不同，构成多边。像这样，同一个比喻，在一首词里，既有二柄，复具多边，这是很难找的。因此，这首词里用的比喻，在修辞学上是非常突出的。而且这样的比喻，是感情的自然流露，不是有意造作，被词人用得非常贴切，这是此首词更为难能可贵的特点。（《唐宋词鉴赏辞典》）

练习

结合这首词，说说比喻之"二柄"与"多边"的含义。

16. 卜算子·送鲍浩然之[1]浙东

〔宋〕王 观

水是眼波横[2]，山是眉峰聚[3]。
欲[4]问行人[5]去那边? 眉眼盈盈处[6]。

才始[7]送春归，又送君归去。
若到江南赶上春，千万和春住。

\格 律/

卜算子

中仄仄平平（句）　中仄平平仄（韵）　中仄平平仄仄平（句）
中仄平平仄（韵）
中仄仄平平（句）　中仄平平仄（韵）　中仄平平仄仄平（句）
中仄平平仄（韵）

注释

[1] 之：到，往。

[2] 水是眼波横：水像美人流动的眼波。古人常以秋水喻美人之眼，这里反用。眼
波：比喻目光似流动的水波。

[3] 山是眉峰聚：山如美人蹙起的眉毛。古人喻美人之眉为远山，这里反用。

[4] 欲：想，想要。

[5] 行人：指词人的朋友（鲍浩然）。

[6] 眉眼盈盈处：这里代指江南山水秀丽之地。盈盈：美好的样子。

[7] 才始：方才。

简析

　　这首送别词，一洗众多送别词作的感伤色彩，而代之以新丽活泼的色彩。首二句，两个新奇的比喻，写出了江南山水的秀丽；同时，也透露出鲍浩然的怀人之情：鲍浩然思念着一个人，所以，在他的眼中，返家途中的明丽山水，就仿佛是他所思念的人的眉眼。这样一来，三、四句就好理解了。鲍浩然将去哪里？"眉眼盈盈处"，这是双关语，既指秀丽的江南，也指"眉眼盈盈"的那个人。下片紧扣季节来写。"若到江南赶上春，千万和春住"两句，设想新奇。"和春住"中的"春"也是双关语，既指季节，也指鲍浩然所思念的那个人。末二句，一方面表达了惜春之情，另一方面也希望鲍浩然早日和家人团聚。

名句

　　（1）水是眼波横，山是眉峰聚。
　　（2）若到江南赶上春，千万和春住。

链接

　　山谷云："春归何处（略）。"通叟云："若到江南赶上春，千万和春住。"碧山云："怕此际春归，也过吴中路。君行到处，便快折河边千条翠柳，为我系春住。"三词同一意，山谷失之笨，通叟失之俗，碧山差胜。终不若元梁贡父云"拼一醉留春，留春不住，醉里春归"为洒脱有致。（吴熙蘅《莲子居词话》）

练习

　　宋人王灼《碧鸡漫志》评王观词"新丽处与轻狂处皆足动人"。这首词的"新丽处"主要表现在哪些方面？请作简要分析。

三

何处是归程，
长亭更短亭

——羁旅思乡篇

在交通和通信极为不便的古代，一旦远离故乡，归乡的时间是漫长的，词人的内心是孤寂的。故乡的亲人朋友、山山水水，萦绕在词人心头，形成一首首刻骨铭心的思乡词。

17. 菩萨蛮

〔唐〕李 白

平林漠漠[1]烟如织，寒山一带伤心碧[2]。
暝色入高楼，有人楼上愁。

玉阶空伫立[3]，宿鸟[4]归飞急。
何处是归程[5]？长亭更短亭[6]。

― 格 律 ―

菩萨蛮

中仄中仄平平仄（仄韵）　中平中仄平平仄（叶仄）　中仄仄平平（换平韵）
中平平仄平（叶平）

中平平仄仄（再换仄韵）　中仄平平仄（叶仄）　中仄仄平平（三换平韵）
中平平仄平（叶平）

注释

[1] 平林：平原上的树林。漠漠：形容烟雾散布的样子。

[2] 伤心碧：这里有双关的意义。一是加强语气，极言寒山之碧；二是说，在愁人
　　眼中看来，碧色的寒山带有惆怅的意味。

[3] 伫立：久立。

[4] 宿鸟：回巢的鸟。

[5] 归程：归途。

[6] 长亭更短亭：亭，古代设在路边供行人休歇的亭舍。庾信《哀江南赋》云：
　　"十里五里，长亭短亭。"说明当时每隔十里设一长亭，五里设一短亭。
　　"更"，一作"连"。

简析

　　关于这首词表达的内容，有人认为是"游子思归乡"，有人认为是"思妇盼归人"，也有人认为二者兼有。编者认为，这首词写的是游子思归乡。

　　头二句，平林寒山，苍茫悲壮，是写游子所见之景，景中带着游子的"伤心"。三至六句，游子触景生情，想象家人盼望自己归去的情景。"玉阶伫立"，盼归心切。然而只见鸟归，不见人回，故着一"空"字。不写自己如何盼着归乡，而写家人如何急切盼望自己归来，这种写法叫对面着笔法。对方的期盼，又加重了游子的思归之情。末二句写归乡无期，面对长亭、短亭，徒增感伤。

名句

何处是归程？长亭更短亭。

────────────── 链 接 ──────────────

（1）游子思归，还是思妇怀人？（何满子）

　　历来解说这首词，虽然有不少论者认为它是眺远怀人之作，但更多的人却说它是羁旅行役者的思归之辞。后一种理解，大概是受了宋代文莹《湘山野录》所云"此词不知何人写在鼎州沧水驿楼"一语的影响吧。以为既然题于驿楼，自然是旅人在抒思归之情。其实，古代的驿站邮亭等公共场所以及庙宇名胜的墙壁上，有些诗词不一定是即景题咏，也不一定是写者自己的作品。细玩这首词，也不是第一人称，而是第三人称。有如电影，从"平林""寒山"的远镜头，拉到了"高楼"的近景，复以"暝色"作特写镜头造成气氛，最终突出"有人楼上愁"的半身镜头。分明是第三者所控制、所描摹的场景变换。下片的歇拍两句，才以代言的方法，模拟出画中人的心境。而且，词中的"高楼""玉阶"，也不是驿舍应有之景。驿舍邮亭，是不大会有高楼的；它的阶除也决不会"雕栏玉砌"，正如村舍茅店不能以"画栋雕梁"形容一样。同时，长亭、短亭，也不是望中之景；即使是"十里一长亭，五里一短亭"中的最近一座，也不是暮色苍茫中视野所能及。何况"长亭更短亭"，不知凡几，当然只能意想于心头，不能呈现于楼头人的眼底。

因此，这是一首思妇眺远怀人之作。

这楼头的远眺者是因何而发愁呢？我们不禁要想起"盈盈楼上女，皎皎当窗牖"这两句汉代古诗。她是在怀念、期待远人。从下片，可以想象，那征人是已经有了行将归来的消息了吧。但此刻，他在何处，在做什么？是日暮投宿的时候了，他正在走入一家村舍吗？还是早已打尖，此刻正和旅伴在酒肆中畅饮，乃至在和当垆的酒家女调笑？或者，由于什么事情的牵扯，至今还未踏上归程？向心头袭来的各种怪异的联想，不断增添这女子的愁思。这里面当然也缠夹着往昔的甜美回忆，遐想着久别重逢的情景。这时令，正如李商隐所说的"心事如波涛"，这样那样都会增添她期待的激情的浓度。

这惆怅、哀怨而又缠绵的期待，自然会使楼头人产生有如王维诗"心怯空房不忍归"的心情。这驱使她伫立于玉阶，痴痴地、徒劳地茫然望着暮色中匆遽归飞的宿鸟。鸟归人不归，触景伤情，这归鸟又惹起无限愁思。那阻挡在她和归人之间的遥远的归程啊，这一路上不知有多少长亭、短亭！

眼前所见的日暮景色，这平林笼烟，寒山凝碧，暝色入楼，宿鸟归林；心头所想的那远人，那长亭、短亭，以及横隔在他们之间的迢递的路程……真是"这次第，怎一个愁字了得"！（《唐宋词鉴赏辞典》）

（2）移情

所谓"移情"，就是诗人把自己的生命和情趣外射或移注到创作对象中去，把本无生命和情趣的东西看成有生命的东西，仿佛它也有感觉、思想、情感、意志和行动；同时，诗人自己也受到这种事物的影响，和事物产生共鸣，即古人所说的"以我观物，故物皆着我之色彩"。例如：

①寒山一带伤心碧。（李白《菩萨蛮》）

②感时花溅泪，恨别鸟惊心。（杜甫《春望》）

③行宫见月伤心色，夜雨闻铃断肠声。（白居易《长恨歌》）

练习

关于这首词表达的内容，有人认为是"游子思归乡"，有人认为是"思妇盼归人"，也有人认为二者兼有。你的看法如何？请简要说明理由。

18. 苏幕遮

〔宋〕范仲淹

碧云天，黄叶地，
秋色连波，波上寒烟翠。
山映斜阳天接水[1]，
芳草无情，更在斜阳外。

黯乡魂[2]，追旅思[3]，
夜夜除非，好梦留人睡[4]。
明月楼高休独倚，
酒入愁肠，化作相思泪。

———— 格 律 ————

苏幕遮

仄平平（句）　平仄仄（韵）　中仄平平（句）　中仄平平仄（韵）
中仄平平平仄仄（韵）　中仄平平（句）　中仄平平仄（韵）
仄平平（句）　平仄仄（韵）　中仄平平（句）　中仄平平仄（韵）
中仄平平平仄仄（韵）　中仄平平（句）　中仄平平仄（韵）

注释

[1] 山映斜阳天接水：夕阳的余晖映射在山头，远处水天相接。

[2] 黯乡魂：心神因怀念故乡而悲伤。黯，黯然，内心凄怆的样子。

[3] 追旅思：撇不开羁旅的愁思。追，紧随，可引申为纠缠。旅思，旅途中的
愁苦。

[4] 夜夜除非，好梦留人睡：每天夜里，只有做返回故乡的好梦才得以安睡。夜夜

除非，即"除非夜夜"的倒装。

简析

　　这首词写羁旅思乡之情。上片写景，下片抒情。上片，写天连水，水连山，山连芳草；天带碧云，水带寒烟，山带斜阳。自上及下，自近及远，纯是一片空灵境界。上片末二句，写远在斜阳外的芳草，暗透思乡之情。自《楚辞》写出"王孙游兮不归，春草生兮萋萋"以后，春草（芳草）便与乡思别情结下了不解之缘。到这里，词作由写景自然向抒情过渡。下片"黯乡魂"四句，写在外淹滞之久与乡思之深。"夜夜除非，好梦留人睡"，是说做好梦的时候很少，常常是彻夜难眠，突出乡思之深。末二句说夜不能寐，借酒浇愁，可是酒一入肠，便化作相思泪，真可谓"举杯浇愁愁更愁"。

名句

　　（1）碧云天，黄叶地，秋色连波，波上寒烟翠。

　　（2）芳草无情，更在斜阳外。

　　（3）酒入愁肠，化作相思泪。

—— 链 接 ——

透过一层法

　　古人论诗歌的表现手法，有所谓"透过一层法"。这种手法，就是在表情达意时，通过联想，由近及远，由此及彼，由浅入深，推进一层，开拓一个新的境界。这种写法可以更真实、更深刻、更细腻地反映出诗歌主人公的情感，有效地突出诗歌的主题。例如：

　　梦魂纵有也成虚，那堪和梦无。（晏几道《阮郎归》）

　　夜长春梦短，人远天涯近。（欧阳修《千秋岁》）

　　芳草无情，更在斜阳外。（范仲淹《苏幕遮》）

　　平芜尽处是春山，行人更在春山外。（欧阳修《踏莎行》）

刘郎已恨蓬山远，更隔蓬山一万重。（李商隐《无题》）

客舍并州已十霜，归心日夜忆咸阳。无端更渡桑干水，却望并州是故乡。（贾岛《渡桑干》）

人言落日是天涯，望极天涯不见家。已恨碧山相阻隔，碧山还被暮云遮。（李觏《乡思》）

练习

分析"芳草无情，更在斜阳外"的丰富意蕴。

19. 八声甘州

〔宋〕柳 永

对潇潇[1] 暮雨洒江天，一番洗清秋[2]。

渐霜风凄紧[3]，关河[4] 冷落，残照[5] 当楼。

是处红衰翠减[6]，苒苒物华[7] 休。

惟有长江水，无语东流。

不忍登高临远，望故乡渺邈[8]，归思难收。

叹年来踪迹，何事苦淹留[9]？

想佳人、妆楼颙望[10]，误几回、天际识归舟[11]。

争[12] 知我，倚阑干处，正恁凝愁[13]！

―――――\ 格 律 /―――――

八声甘州

仄中平仄仄仄平平（句） 中中仄平平（韵） 仄平平中仄（句） 中平中仄（句） 中仄平平（韵） 中仄平平中仄（句） 中仄仄平平（韵） 中仄平平仄（句） 中仄平平（韵） 中仄中平中仄（句）

仄中平中仄（句） 中仄平平（韵） 仄平平中仄（句） 中仄仄平平（韵） 仄平平（豆）中平平仄（句） 仄中平（豆）中仄仄平平（韵） 平平仄（豆）仄平平仄（句） 中仄平平（韵）

―――――――――――――――――――

注释

[1]潇潇：风雨之声。

[2]一番洗清秋：一番风雨，洗出一个凄清的秋天。

[3]霜风凄紧：秋风凄凉紧迫。霜风，秋风。凄紧，一作"凄惨"。

53

[4] 关河：山河。

[5] 残照：落日的余光。

[6] 是处红衰翠减：到处花草凋零。是处，到处。红、翠，指代花草树木。语出李
商隐《赠荷花》："翠减红衰愁杀人。"

[7] 苒（rǎn）苒：渐渐。物华：美好的景物。

[8] 渺邈：遥远。

[9] 何事：为什么。淹留：久留。

[10] 颙（yóng）望：抬头远望。

[11] 误几回、天际识归舟：多少次错把远处驶来的船当作心上人回家的船。语出
谢朓《之宣城郡出新林浦向板桥》："天际识归舟，云中辨江树。"

[12] 争：怎。

[13] 恁（nèn）：如此。凝愁：忧愁凝结不解。

简析

　　此首写羁旅乡思的词，亦柳词名篇。起首写雨后之江天，澄澈如洗。"渐霜
风"三句，更写风紧日斜之境，凄寂可伤。"是处"四句，复叹眼前景物凋残，
唯有江水东流。自起首至此，皆写景。下片，即景生情。"想佳人"至结尾，皆
是从对面着想文字。"误几回，天际识归舟"与"过尽千帆皆不是"构思相近，
写"佳人"在无数次的盼望与失望中被反复折磨的痛苦之状。而"佳人"的痛苦，
无疑又加重了主人公的羁旅乡思之痛。

名句

（1）渐霜风凄紧，关河冷落，残照当楼。

（2）是处红衰翠减，苒苒物华休。惟有长江水，无语东流。

（3）不忍登高临远，望故乡渺邈，归思难收。

（4）想佳人、妆楼颙望，误几回、天际识归舟。

对面着笔情更浓

陈琴

思念是文学作品表达的一个永恒的主题。古往今来，文人墨客们抒写思念之情的诗文源源不断，佳句迭出。近读一些古典诗词，发现那些脍炙人口的诗词，在思念之情的表达上，大都有异曲同工之妙，即作者往往不直接描写自己如何思念对方，而是着力描绘对方如何思念自己的情形。这样，更显示出了亲友之间彼此思念之情的浓烈，更能给读者一种强烈的感染力。这种手法，文学上称为"对面着笔法"。在此，我不妨略举数例来谈谈这种手法的运用。

首先来看下列几首著名唐诗中对这种手法的运用：

王维的《九月九日忆山东兄弟》是大家都非常熟悉的一首诗，其中有这样两句："遥知兄弟登高处，遍插茱萸少一人。"这里正是运用了对面着笔法。重阳佳节之际，漂泊异乡的王维"每逢佳节倍思亲"，他不由得设想：此刻，自己的兄弟们，按家乡的习俗登山之际，惆怅地发现身边缺少了一位亲人，这人正是远在他乡的自己。这样，两相映照，使亲人之间的思念之情倍加浓烈。读者吟诵此诗，感悟此情此景，怎能不为之黯然神伤。

杜甫一生飘零，曾被叛军囚禁在长安时，写过望月思家的名诗《月夜》："今夜鄜州月，闺中只独看。遥怜小儿女，未解忆长安。香雾云鬟湿，清辉玉臂寒。何时倚虚幌，双照泪痕干？"这首诗，作者一入笔就从对方落墨。当时，明月当空，诗人孤独地品尝着旅居他乡的苦酒，但他担心的不是自己失去自由、生死未卜的处境，而是妻子在家中对自己的思念和担忧。眼前不禁幻化出这样的景象：自己那独守闺中的妻子，在冷寂的月光下，倚窗远眺，遥望着茫茫夜空，而自己那未谙世事的小儿女，此刻还不能理解母亲思念亲人的焦虑，而儿女的"未解忆"，使母亲的思念更为凄苦。这样，诗人通过从对面虚写妻子之"闺中独看"和儿女之"未解忆"的描写，更加深化了自己内心的愁苦。

白居易在《邯郸冬至夜思家》这首诗中，也用过类似的手法。"想得家中深夜坐，还应说着远行人。"诗人当时客居邯郸，冬夜的严寒令他倍加渴望家的温暖。于是，他设想到家中的亲人们此刻也是深夜无眠，围坐在一起谈论着远行在外的他，迫切地盼望着他的归来。此刻，诗人和亲人们身处两地，心向一处，两相映衬，思情更浓！

李商隐的那首千古流传的《无题》诗，也是运用对面着笔法的典范之作。"相见时难别亦难，东风无力百花残。春蚕到死丝方尽，蜡炬成灰泪始干。"这前四句，诗人极力描写主人公对爱人的感情之深、思念之苦，甚至到可以为之付出生命的地步。写到这里，似乎再很难继续拓展了，而作者却巧妙地转换时空，翻过一步，从对方的角度描写这种情感："晓镜但愁云鬓改，夜吟应觉月光寒。""晓镜"句说的是自己所思念的人清晨照镜时见"云鬓改"而愁苦，"夜吟"句是想象对方夜不成寐，常常吟诗遣怀，但是愁怀深重，无从排遣，所以愈发感到环境凄清，月光寒冷，心情也随之更趋黯淡。这样，就更进一步地表达出了双方为爱情而憔悴、痛苦、郁悒的那种缠绵往复的感情。

当然，这种手法不仅仅出现于诗中，在词曲及其他文学体裁中也被广泛应用。

柳永的词以婉约缠绵著称，而这种对面着笔法的运用，使他的词更显得曲折幽微、含蓄蕴藉。著名的《八声甘州》中，有个脍炙人口的名句："想佳人、妆楼颙望，误几回、天际识归舟。争知我，倚栏杆处，正恁凝愁！"词人遥想曾与自己缠绵厮守的佳人，而今空闺独守，思情迫切，妆楼凝望处，曾几次误把别人过往的舟当作心上人归来的标志。其实，这句词和温庭筠的词《望江南》中的名句："过尽千帆皆不是，斜晖脉脉水悠悠。肠断白蘋洲！"意境何其相似！这种感伤幽怨、痛楚无奈的思念之情，无疑会激起那些旅居他乡的游子内心强烈的共鸣。那种望穿秋水的怅惘，那种由欣喜到失望的情感落差，使读者怎能不受到强烈的震撼！

旷达乐观的苏轼，也写过这样一些思念亲友的幽怨伤感的诗句。他的《水调歌头》堪称千古绝唱："明月几时有？把酒问青天。不知天上宫阙，今夕是何年。……转朱阁，低绮户，照无眠。……"正值天上月圆、人间月半的时节，亲人两地相望，苏轼不由感慨万端，把酒问天，感叹人生，拷问宇宙。接着笔锋一转，把镜头切换到一个月华映照下的朱阁，窗户边倚着一位惆怅无眠的望月人，那是自己的弟弟在思念着谪居他乡的兄长。古往今来的文人墨客们，读至此句，无不为之动容。（《阅读与鉴赏（下旬）》2010年第4期）

　　试分析词中"对写法"在表情达意方面的作用。

四

只恐双溪舴艋舟，
载不动、许多愁

——抒怀感慨篇

人们的感情世界是复杂的。在人们的生活中总会出现各种各样的悲慨、伤感、愁恨、苦闷、解脱和追求，只要它们出自生活中深切的感受，真诚地倾诉于笔端，不论它如奔泻的江河，还是如哽咽的细流，都是一定的社会矛盾的反映，能够在读者中觅到知音。（夏传才《中国古典诗词名篇分类鉴赏辞典》）

20. 青玉案

〔宋〕贺 铸

凌波^[1]不过横塘路，但目送、芳尘去^[2]。
锦瑟华年^[3]谁与度？
月桥花院，琐窗朱户^[4]，只有春知处。

飞云冉冉蘅皋^[5]暮，彩笔^[6]新题断肠句。
试问闲愁都几许？
一川^[7]烟草，满城风絮^[8]，梅子黄时雨。

\\格 律/

青玉案

中平中仄平平仄（韵）　仄中仄（豆）平平仄（韵）　仄仄平平平仄仄（韵）
中平平仄（句）　中平中仄（韵）　中仄平平仄（韵）

中平中仄平平仄（韵）　中仄平平平仄（韵）　仄仄平平平仄仄（韵）
中平平仄（句）　中平中仄（韵）　中仄平平仄（韵）

注释

[1] 凌波：形容女子步态轻盈。

[2] 芳尘去：指美人远去。

[3] 锦瑟华年：指美好的青春时期。

[4] 琐窗：雕绘连琐花纹的窗子。朱户：朱红的大门。

[5] 冉冉：形容云彩慢慢地流动。蘅皋：长着香草的水边高地。

[6] 彩笔：比喻美妙文才。事见南朝江淹梦笔故事。

[7] 一川：遍地。

[8] 风絮：随风飘舞的柳絮。

简析

据说，这首词写作的背景是：贺铸退居苏州横塘，因偶见一女郎，便心生倾慕，可是既不知道她的住址，也无缘与她相识，只能目送她渐行渐远，于是心生闲愁，写下了这首词。

上片写女子不到横塘来，作者只好目送她远去。接下来四句，便是"目送"时产生的遐想：她同谁一起度过锦瑟华年？她居住的环境怎样？所有的问题都没有答案，只有天知道。下片写作者痴想凝望之际，不觉已到日暮时分，于是写下"断肠句"，抒写心中的"闲愁"。

也有人认为，这首词虽然写了一见倾心，但词的主旨并非爱情，而是借美人寄托一些遐想，一些美人迟暮的悲哀。

这首词的后三句特别有名。贺铸也因此而获得"贺梅子"的美称。那么，这三句究竟好在那里？

一是用博喻辞格，用三个不同的喻体从不同侧面来写"闲愁"之多，且三个喻体之间并非简单叠加的关系，而是逐层递进。二是将抽象的不可捉摸的"闲愁"化为具体可见的景象，化虚为实。三是这三句本是虚景实写，目的在于用作比譬，但所写又确系春末夏初横塘一带的景物，它本足以引起纷乱的愁绪，所以写来就显得亦景亦情，亦虚亦实，亦比亦兴，融成一片。

名句

试问闲愁都几许？一川烟草，满城风絮，梅子黄时雨。

链接

（1）喻愁

诗家有以山喻愁者，杜少陵云"忧端如山来，澒（hòng）洞不可掇"，赵嘏云"夕阳楼上山重叠，未抵闲愁一倍多"是也。有以水喻愁者，李颀云"请量东海水，看取浅深愁"，李后主云"问君能有几多愁，恰似一江春水向东流"，秦少游云"落红万点愁如海"是也。贺方回云："试问闲愁都几许？一川烟草，满城风絮，梅子黄时雨。"盖以此三者比愁之多也，尤为新奇，兼兴中有比，意味更长。（罗大经《鹤林玉露》）

（2）袭前人语

词有袭前人语而得名者，虽大家不免。如方回"梅子黄时雨"、耆卿"杨柳岸、晓风残月"、少游"寒鸦数点，流水绕孤村"、幼安"是他春带愁来，春归何处。却不解、带将愁去"等句，惟善于调度，正不以有蓝本为嫌。（吴照蘅《莲子居词话》卷一）

（3）唐宋诗人的绰号（潘向黎）

名、字、号以外，诗人往往有一些别的名号，比如李白是"诗仙""谪仙人"，杜甫是诗圣（其作品是"诗史"），刘禹锡是"诗豪"，李白和王昌龄又分享"七绝圣手"，王昌龄还是"诗家天子"……这些都是时人或者后人给他们的美称、雅号，是评价性的，正式而庄重的。

绰号则是对一个人略带戏谑的称呼，一般人被起绰号往往是被抓住某一个生理或者性格的特征（常常夸大），而诗人被注意的特征往往与诗作内容或者生活有关，因此也别有趣味。

比如，骆宾王被叫做"算博士"，这是因为他在诗中喜欢用数字作对。"算博士"还可算不褒不贬或者亦褒亦贬，诗人被起绰号更多的是对其持欣赏态度的，比如赵嘏因为《早秋》中有"长笛一声人倚楼"，人称"赵倚楼"，可谓一句成名；温庭筠文思敏捷，八叉手而成八韵，人们便称他为"温八叉"；"草圣"诗人张旭则因为性格狂放而时称"张颠"，杜甫《饮中八仙歌》中说他"张旭三杯草圣传，脱帽露顶王公前，挥毫落纸如云烟"，说的就是他大醉中以头着墨然后书写的可爱狂态；郑谷则因为一首《鹧鸪》而成了"郑鹧鸪"（关于郑谷，还有一个特殊的称呼——"一字师"。他建议齐己将《早梅》中"前村深雪里，昨夜数枝开"的"数枝"改成"一枝"，而成了齐己的"一字师"）。韦庄则由于长篇叙事诗《秦妇吟》通过一个少妇的自述，写出了动乱年代人民的痛苦，影响很大，因此有了"秦妇吟秀才"的绰号。许浑，因诗中多用"水"字，人称"许浑千首湿"。僧人贯休，以诗闻名，其诗有"一瓶一钵垂垂老，万水万山得得来"句，被人称为"得得和尚"。

给诗人起绰号的风气，不但唐代如此，宋朝也如此。词人张先因"心中事""眼中泪""意中人"三句得号"张三中"，又因"云破月来花弄影""娇柔懒起，帘幕卷花影""柳径无人，堕絮飞无影"被称作"张三影"；宋祁因为写了"红杏枝头春意闹"的诗句，便得了一个异常美妙的绰号"红杏尚书"；秦少游清新婉丽的《满庭芳》中"山抹微云，天连衰草"一句名句，更给他带来了"山抹微云秦学士""山抹微云君"的风雅称号。

词人贺铸晚年的一首《青玉案》曾名动一时，尤其是其中的一句"试问闲愁都几许？一川烟草，满城风絮，梅子黄时雨"，广为传唱，贺铸也因此成了"贺梅子"。

词人张炎，其《解连环·孤雁》词广为流传，人皆称之"张孤雁"。又曾因写《南浦》咏春水一词，被人称"张春水"。

当然，有的绰号就不那么好消受了：与骆宾王同为"初唐四杰"的杨炯，因为喜欢在诗文中用古人名字作对，当时的人就笑他的作品是"点鬼簿"（唐人很风趣，给作品也起外号）。五代后蜀的王仁裕，写诗万首，时人称他"诗窖子"，可见前人对非艺术的批量生产从来是不认可的。

还有更糟糕的。唐代"大历十才子"之一的李益，为人苛刻，性格多疑，偏偏这位仁兄"少有疾病"，所以防闲妻妾甚于防川，有在门口窗户上撒灰的这样接近专业刑侦人士的举动，闻名遐迩，被人叫作"妒痴"，后来他致仕（退休）时曾加礼部尚书衔，故又称"妒痴尚书李十郎"。起这么可笑的绰号还不要紧，人们干脆用他的名字来命名一种疾病，把妒忌成性、多疑成癖就叫作"李益疾"。（《中华活页文选（初二版）》2009年第8期）

练习

结合写作背景，将这首词改写成一篇散文。

21. 如梦令

〔宋〕李清照

昨夜雨疏风骤[1]，浓睡不消残酒[2]。

试问卷帘人[3]，却道海棠依旧。

知否，知否？应是绿肥红瘦[4]！

格 律

如梦令

中仄中平平仄（韵）　中仄中平平仄（韵）　中仄仄平平（句）

中仄仄平平仄（韵）　平仄（韵）　平仄（叠）　中仄仄平平仄（韵）

注释

[1] 雨疏风骤：雨狂风急。

[2] 浓睡不消残酒：虽然睡了一夜，仍有余醉未消。浓睡：酣睡。残酒：尚未消散的醉意。

[3] 卷帘人：正在卷帘的侍女。

[4] 绿肥红瘦：绿叶繁茂了，红花却憔悴了。

简析

　　这首词借"绿肥红瘦"，写对花、人，以及一切美好事物的痛惜之情。诚如周汝昌先生所言："词人如此惜花，为花悲喜，为花醒醉，为花憎风恨雨，所以然者何？风雨葬花，如葬美人，如葬芳春，凡一切美的事物年华，都在此一痛惜情怀之内。"

名句

　　知否，知否？应是绿肥红瘦！

————〉链　接〈————

　　（此词）词意殆出自韩偓五言律《懒起》："昨夜三更雨，临明一阵寒。海棠花在否，侧卧卷帘看。"（俞平伯《唐宋词选释》）

练习

　　南宋蒋捷的《一剪梅·舟过吴江》中"流光容易把人抛，红了樱桃，绿了芭蕉"，与李清照的"应是绿肥红瘦！"有异曲同工之妙，试加以说明。

22. 武陵春

〔宋〕李清照

风住尘香^[1] 花已尽，日晚倦梳头。

物是人非事事休，欲语泪先流。

闻说双溪春尚好，也拟^[2] 泛轻舟。

只恐双溪舴艋舟^[3]，载不动、许多愁。

\\格 律/

武陵春

中仄中平平仄仄　中仄仄平平（韵）　　中仄平平中仄平（韵）　　中仄仄平平（韵）

中仄中平平仄仄　中仄仄平平（韵）　　中仄平平中仄平（韵）　　中仄仄（豆）

仄平平（韵）

注释

[1] 尘香：落花触地，尘土也沾染上落花的香气。

[2] 拟：准备、打算。

[3] 舴艋（zé měng）舟：小船。

简析

　　这首词作于绍兴五年。这时作者避难居金华，已经五十一岁了。赵明诚病死之后，她几经波折，流离转徙，词中反映了她当时的愁苦。

　　上片写李清照在经历重大变故之后，无心梳妆，欲言无语，以泪洗面，伤心至极。下片写李清照"也拟泛轻舟"，似乎峰回路转，柳暗花明了，接下来"只恐"一转，将"也拟"的事统统否定了，重新回到上片所写的愁苦之中。看来，词人也想摆脱压在心中的愁苦，可是愁苦太重了，无法摆脱。

名句

　　（1）物是人非事事休，欲语泪先流。

　　（2）只恐双溪舴艋舟，载不动、许多愁。

／ 链 接 ／

古诗词中写"愁"艺术

李　涛

　　中国古典诗歌有"以悲为美""以愁为工"的悠久传统。家国的不幸、民族的灾难、个人的遭遇是诗人笔下永恒的主题，"愁"也就成为诗人笔下恒定的感情浪潮。可是，抽象模糊的"愁"如何才能生动形象地表现出来呢？在这方面，我国古代大诗人们开创了许多独有的艺术天地，为我们提供了很好的艺术借鉴。

　　一、把"愁"写得有长度

　　"愁"本来是没有长度的，可是诗人们为了表达自己心中的无限悲苦，常常赋予"愁"以长度。在这方面，典型的代表人物是李白。他在《秋浦歌》中写道："白发三千丈，缘愁似个长。""白发三千丈"，初看确实让人难以理解，白发缘何会有三千丈呢？读到下一句"缘愁似个长"，便豁然开朗，原来"三千丈"的"白发"是因"愁"而生，因"愁"而长！那么反过来说，"愁"有多大？"愁"又有多深？看三千丈的白发即可知矣。作者故意用夸张的手法突出了内心愁绪的深重，显得真实可感，可谓前无古人。后来李白在《金陵酒肆留别》中写道："请君试问东流水，别意与之谁短长？"又把"愁"比成绵绵不尽的东流之水，放眼望去，满江愁绪，无尽离情，使"愁"跳出白发的纤细，走向了长江的壮阔，把"愁"的长度写到了登峰造极的地步，以致后世甚至再也没有哪位诗人敢用长度来写无尽的"愁绪"了。

二、把"愁"写得有重量

李清照在《武陵春》中写道："只恐双溪舴艋舟，载不动、许多愁。"词人处于国破家亡、流落他乡的境地，孤苦伶仃，无依无靠，内心的愁苦、满腔的愁绪不能排解。虽然"也拟泛轻舟"，但双溪的舴艋舟却难以承载得动她的"许多愁"。李清照把"愁"放到了船上，董解元在《西厢记诸宫调》中却把"愁"从船上移到了马背上："休问离愁轻重，向个马儿上驮不动。"而王实甫在《西厢记》里则又把有重量的愁移到了车上："遍人间烦恼填胸臆，量这些大小车儿如何载得起？"在词人笔下，"愁"像一块有重量的巨石从水上转移到了陆地，从马上转移到车上，船载不动，马驮不动，车载不起。

三、把"愁"写得有形态

唐代李商隐在《代赠二首》（其一）中从形态上对"愁"进行了细致的描绘："芭蕉不展丁香结，同向春风各自愁。"这里的"芭蕉"是蕉心未展的蕉叶，这里的"丁香"是结而不绽的花蕾。它们共同对着黄昏时和煦的春风，哀愁无限。作者以"芭蕉"比情人，以"丁香"喻自己，通过比兴手法展现了二人不能与对方相会的愁苦。此处的"愁"具有了芭蕉之形，丁香之态，可谓含蓄跌宕，真实感人。和此诗用和煦的春风反衬丁香之"愁"不同的是，南唐中主李璟在《摊破浣溪沙》中则用迷蒙的细雨正衬丁香之"愁"："青鸟不传云外信，丁香空结雨中愁。"描写方法不同，却都形态具体可感，愁绪动人。

如果说李商隐和李璟还有心情用"丁香"之花来喻愁的话，那么南唐李后主则使"愁"的形态表现得更为直观："剪不断，理还乱，是离愁。"（《相间欢》）千缕万绪的愁思像一团乱麻，盘绕纠缠，使人望而生愁。到了宋代，秦观在《浣溪沙》中写道："自在飞花轻似梦，无边丝雨细如愁。"诗人一反常人习惯，将细微的景物与幽渺的愁情极为巧妙地结合起来，写得新颖别致，被梁启超称为"奇语"（梁令娴《艺蘅馆词选》）。奇就奇在，它不写愁如雨丝，却说丝雨如愁，如雨丝般的闲愁，让人有一种梦幻般的愁境之感。

四、把"愁"写得有数量

南唐后主李煜在《虞美人》中写道："问君能有几多愁？恰似一江春水向东流。"这里以"一江水"喻"愁"，又在"东流水"的基础上衬以"春"字，写出了愁思如水般汪洋恣肆、奔放倾泻；又如春江水般不舍昼夜，长流不断，无穷无尽。同是以水喻愁，宋代词人秦观则更进一步，直接以"东流之水"的归宿"海"来喻"愁"："春去也！飞红万点愁如海。"（《千秋岁》）词人由季节的更替想到自己的遭际，仿佛无边的残花败柳皆成了愁，眼前的愁犹如浩瀚的大海，无边无际，比李煜的以"春水"喻"愁"更胜一筹。

而当一种无边的"闲愁"涌上北宋贺铸的心头，产生一种难以形容的失落感时，"试问闲愁都几许？一川烟草，满城风絮，梅子黄时雨"（《青玉案》），便把那种"闲愁"的数量借助"一川""满城"和"梅子黄时"巧妙地表现出来，仿佛使人看到在梅子成熟季节，烟雨迷蒙，原野上野草无边，满城飞絮飘洒，同样具有感人的艺术力量。

五、把"愁"写得富有人性

秦观在《满庭芳》中写道："谩道愁须殢（tì）酒（殢酒：病酒，为酒所困。此为以酒浇愁之意），酒未醒，愁已先回。"词人本想借酒浇愁，可谁知酒还未醒，"愁"早已经回到词人身边，把"愁"写得活灵活现、人性十足。张先在《天仙子》中写道："《水调》数声持酒听，午醉醒来愁未醒。"这种说法似乎和秦观的词对立，其实有异曲同工之妙，都赋予"愁"以人性，像人一样具有感情。只是张词是写"酒醒"之后的发愁，而秦词在酒还"未醒"时就有了愁，更何况"酒醒"之后呢？

辛弃疾在《丑奴儿·书博山道中壁》一词中却顾左右而言他，也同样把"愁"写得出神入化，让人遐想联翩："而今识尽愁滋味，欲说还休；欲说还休，却道'天凉好个秋'！"明明是"近来愁似天来大"，作者却重语轻说，"顾左右而言他"，不是不想说，而是越说"愁"越多。所以"欲说还休"，却道"天凉好个秋"。机杼不同，写出的"愁"却一样地感人至深。（《语文教学与研究》2007 年第 31 期）

练习

有人认为这首词的绝妙之笔是末句，你同意这种看法吗？请说明理由。

23. 小重山

〔宋〕岳 飞

昨夜寒蛩[1] 不住鸣，惊回千里梦[2]，已三更。
起来独自绕阶行，人悄悄，帘外月胧明[3]。

白首为功名[4]，旧山[5] 松竹老，阻归程。
欲将心事付瑶琴[6]，知音少，弦断有谁听。

━━━━━＼格 律／━━━━━

小重山

中仄平平中仄平（韵）　中平平仄仄（豆）仄平平（韵）
中平中仄仄平平（韵）　平中仄（句）　中仄仄平平（韵）
中仄仄平平（韵）　中平平仄仄（豆）仄平平（韵）
中平中仄仄平平（韵）　平中仄（句）　中仄仄平平（韵）

注释

[1] 寒蛩（qióng）：秋天的蟋蟀。

[2] 惊回千里梦：这句说赴千里外杀敌报国的梦被惊醒了。惊回：惊醒。千里梦：
　　指赴千里外杀敌报国的梦。

[3] 悄：念 qiǎo。月胧明：月色明亮。

[4] 功名：此指为驱逐入侵的金兵，收复失地而建功立业。

[5] 旧山：家乡的山。

[6] 付：付与。瑶（yáo）琴：琴的美称。瑶，美玉。

 简析

绍兴八年（1138）七月，南宋向金屈辱求和，达成协议。岳飞写下了这首词，以示反对。

词的上片表现了作者理想与现实的矛盾。半夜不能入睡，独自在月光下徘徊，反映了他的惆怅心情。下片进一步写他多年在外艰苦抗战，头发白了，还未建立功名。"欲将心事付瑶琴，知音少，弦断有谁听"三句，表现了作者有志难伸的痛苦以及对投降派的极端不满。岳飞抗金的志业，不但受到赵构、秦桧君臣的嫉恨迫害，而同时其他人，如大臣张浚，诸将张俊、杨沂中、刘光世等，亦进行阻挠，故岳飞有曲高和寡、知音难遇之叹。

名句

欲将心事付瑶琴，知音少，弦断有谁听。

练习

这首词的上阕是如何把情和景有机结合起来的？

24. 诉衷情

〔宋〕陆　游

当年万里觅封侯[1]，匹马戍[2]梁州。
关河梦断[3]何处，尘暗旧貂裘[4]。

胡[5]未灭，鬓先秋[6]，泪空流。
此生谁料，心在天山，身老沧洲[7]！

―――\ 格　律 /―――

诉衷情

中平中仄仄平平（韵）　中仄仄平平（韵）　中平仄仄平仄　中仄仄平平（韵）
平仄仄　仄平平（韵）　仄平平（韵）　中平平仄　中仄平平　中仄平平（韵）

注释

[1] 万里觅封侯：奔赴万里外的疆场，寻找建功立业的机会。

[2] 戍（shù）：戍守。

[3] 关河：关塞与河防。梦断：梦醒。

[4] 尘暗旧貂裘：貂皮裘上落满灰尘，颜色为之暗淡。这里借用苏秦典故，说自己不受重用，未能施展抱负。据《战国策·秦策》载，苏秦游说秦王"书十上而不行，黑貂之裘敝，黄金百斤尽，资用乏绝，去秦而归"。

[5] 胡：指当时占据中原的金兵。

[6] 鬓：鬓发。秋：这里形容鬓发斑白、疏落。

[7] 沧洲：靠近水的地方，古时常用来泛指隐士居住之地。这里是指作者位于镜湖之滨的家乡。

简析

　　这首词作于陆游晚年退居山阴之后。上片回顾了作者当年的雄心壮志和勃勃英姿。可是，作者后来被调离前线，英雄无用武之地。理想与现实形成巨大的反差。下片用"未""先""空"三个虚词，写出壮志未酬，两鬓已斑，空自感伤的沉痛。末三句，"天山"指抗敌前线，"沧洲"指闲居之地。"谁料"二字，写出了"心"与"身"的冲突，理想与现实的矛盾，也包含了对南宋统治集团的不满。

名句

　　此生谁料，心在天山，身老沧洲！

练习

　　搜集陆游的爱国诗词。

25. 青玉案 · 元夕 [1]

〔宋〕辛弃疾

东风夜放花千树 [2]，更吹落、星如雨 [3]。

宝马雕车 [4] 香满路。

凤箫 [5] 声动，玉壶 [6] 光转，一夜鱼龙舞 [7]。

蛾儿雪柳黄金缕 [8]，笑语盈盈暗香 [9] 去。

众里寻他千百度 [10]，

蓦然 [11] 回首，那人却在、灯火阑珊 [12] 处。

格律

青玉案

中平中仄平平仄（韵）　仄中仄（豆）平平仄（韵）　仄仄平平平仄仄（韵）
中平平仄（句）　中平中仄（韵）　中仄平平仄（韵）

中平中仄平平仄（韵）　中仄平平仄平仄（韵）　仄仄平平平仄仄（韵）
中平平仄（句）　中平中仄（韵）　中仄平平仄（韵）

注释

[1] 元夕：夏历正月十五日为上元节，元宵节，此夜称元夕或元夜。

[2] 花千树：花灯之多如千树开花。

[3] 星如雨：比喻花灯多，如群星飞舞。

[4] 宝马雕车：豪华的马车。

[5] 凤箫：箫的美称。

[6] 玉壶：比喻明月。

[7] 鱼龙舞：指舞动鱼形、龙形的彩灯。

[8] 蛾儿、雪柳、黄金缕：皆古代妇女元宵节时头上佩戴的各种装饰品。这里指盛
　　装的妇女。

[9] 盈盈：仪态娇美的样子。暗香：本指花香，此指女性们身上散发出来的香气，
　　借指观灯的妇女。

[10] 他：泛指第三人称，古时就包括"她"。千百度：千百遍。

[11] 蓦然：突然，猛然。

[12] 阑珊：零落稀疏的样子。

简析

　　这首词主要是写一个孤高、淡泊、自甘寂寞的女性形象。这个女性形象，在花间派以来的文人词里，是很少见的。所以作者郑重地用了两层比衬手法来描写她。词的开头写灯火场景，对那些"笑语盈盈"的观灯妇女来说是正衬，而对孤高的"那人"来说则是反衬。越写灯火热闹，越见"那人"孤高的性格。那"宝马雕车"中的人儿人儿和戴着"蛾儿""雪柳"的妇女，对"那人"也是反衬。全词十三句，用作反衬的有九句，而写主要人物形象的，却只四句。这不是喧宾夺主，通过对宾的着重描写，正起了加强突出主要人物形象的作用。

　　杜甫诗"绝代有佳人，幽居在空谷"，是把"佳人"放在冷落的"空谷"的背景上来塑造，辛弃疾这首《青玉案》，则把"那人"放在火树银花的元宵佳节极其热闹的背景上来塑造。背景有冷热的不同，而美人的高标则是一致的。这也是这首词可注意的艺术手法。

　　说这首词主要是写一个孤高、淡泊、自甘寂寞的女性形象，那还是表面的看法。作者在政治上失意的时候，有许多作品，大抵都寄托了他自己的身世之感。这首词里的"那人"形象，何尝不是作者自己人格的写照？这词编在四卷本《稼轩词》的甲集里，甲集编于淳熙十五年（1188），可知这词必作于淳熙十五年之前。淳熙十五年，作者四十九岁，他被迫退休于江西上饶，已经六七年了；这词里所谓"灯火阑珊处"，可能也就是作者那时在政治上被排斥的境地的写照。梁启超说这词"自怜幽独，伤心人别有怀抱"，这是很可信的评语。（夏承焘《唐宋词欣赏》）

众里寻他千百度，蓦然回首，那人却在、灯火阑珊处。

王国维"三种境界"

古今之成大事业、大学问者，必经过三种之境界："昨夜西风凋碧树。独上高楼，望尽天涯路"，此第一境也；"衣带渐宽终不悔，为伊消得人憔悴"，此第二境也；"众里寻他千百度，蓦然回首、那人却在灯火阑珊处"，此第三境也。（《人间词话》）

练习

词人苦苦追寻的"她"有着怎样的性格？塑造"她"的形象主要运用了什么艺术手法？

26. 丑奴儿 [1]

〔宋〕辛弃疾

少年不识 [2] 愁滋味，爱上层楼 [3]。
爱上层楼，为赋新词强 [4] 说愁。

而今识尽 [5] 愁滋味，欲说还休 [6]。
欲说还休，却道天凉好个秋 [7]。

───╲格　律╱───

丑奴儿

（又名"采桑子"）

中平中仄平平仄（句）　中仄平平（韵）　中仄平平（韵）　中仄平平中仄平（韵）
中平中仄平平仄（句）　中仄平平（韵）　中仄平平（韵）　中仄平平中仄平（韵）

注释

[1] 丑奴儿：词牌名，又名"采桑子"等。

[2] 少年：指年轻的时候。不识：不懂，不知道。

[3] 层楼：高楼。

[4] 强（qiǎng）：勉强。

[5] 识尽：尝够，深深懂得。

[6] 欲说还休：想说而终于不说。休：停止。

[7] 却道天凉好个秋：这句是"顾左右而言他"的意思。

这首词上片四句是说少年时没有尝到愁的滋味，不知道什么叫做"愁"，为了要作新词，没有愁勉强说愁。这四句是对下片起衬托作用的。下片首句说"而今识尽愁滋味"，按一般写法，接下应该描写现在是怎样的忧愁。但是它下面却重复了两句"欲说还休，欲说还休"，最后只用"却道天凉好个秋"一句淡话来结束全篇。……用这样一句闲淡话来写自己胸中的悲愤，也是一种高妙的抒情法。深沉的感情用平淡的语言来表达，有时更耐人寻味。……他这首词外表虽则婉约，而骨子里却是包含着忧郁、沉闷不满的情绪。（夏承焘《唐宋词欣赏》）

名句

欲说还休，却道天凉好个秋。

链 接

阅历与体验

在《丑奴儿》这首词里，作者将少年时无愁"强说愁"和深谙人生况味后满怀愁绪却又难以言说进行对比，突出渲染了一个"愁"字，并以此作为贯串全篇的线索。蒋捷也写了一首与《丑奴儿》内容风格很相近的《虞美人·听雨》："少年听雨歌楼上，红烛昏罗帐。壮年听雨客舟中，江阔云低，断雁叫西风。而今听雨僧庐下，鬓已星星也。悲欢离合总无情，一任阶前，点滴到天明。"

与辛弃疾将"少年""而今"两个人生阶段对愁的不同体验进行对照的写法相似，蒋捷也将"少年""壮年""而今"三个不同的人生阶段通过"听雨"这一生活细节贯串起来，将人生几十年的时间和空间进行整合，集中而深刻地表现出深刻的人生体验。

随着年龄的增长，阅历的增加，人对同一事物的体验也会变得越来越深刻复杂。当今作家毕淑敏的《常读常新的人鱼公主》，也表达了这种人生体验。

练习

阅读琦君《泪珠与珍珠》、毕淑敏《常读常新的人鱼公主》，结合本词，谈谈阅历与人生体验的关系。

五

西北望长安，可怜无数山

——国家兴亡篇

习近平总书记指出，"在中华民族几千年绵延发展的历史长河中，爱国主义始终是激昂的主旋律"。南宋时期，面对金人入侵、山河破碎的局面，南宋最高统治者苟且偷安、无心抗敌。残酷的现实，激起了无数志士仁人的爱国激情，涌现出了张元干、岳飞、陆游、辛弃疾、陈亮等一大批爱国词人。

27. 满江红

〔宋〕岳 飞

怒发冲冠，凭阑处，潇潇雨歇[1]。
抬望眼[2]，仰天长啸，壮怀激烈。
三十功名尘与土，八千里路云和月[3]。
莫等闲[4]、白了少年头，空悲切。

靖康耻[5]，犹未雪。
臣子恨，何时灭？
驾长车[6]踏破、贺兰山缺[7]。
壮志饥餐胡虏肉，笑谈渴饮匈奴血。
待从头、收拾旧山河，朝天阙[8]。

―――――＼格 律／―――――

满江红

中仄平平（句） 平中仄（豆）中平中仄（韵） 平仄仄（豆）
仄平平仄（句） 仄平中仄（韵） 中仄中平平仄仄（句） 中平中仄平平仄
（韵） 中中中（豆）中仄仄平平（句） 平平仄（韵）

中中仄（句） 平仄仄（韵） 平仄仄（句） 平平仄（韵）
仄平平中仄（句） 仄平平仄（韵） 中仄中平平仄仄（句） 中平中仄平平仄
（韵） 中中中（豆）中仄仄平平（句） 平平仄（韵）

注释

[1] 凭：倚靠。处：时，际。潇潇：急骤的雨声。

[2] 抬望眼：抬头遥望。

[3]"三十功名"二句：为了抗金报国，建立功名，长途跋涉，转战南北。

[4]等闲：轻易，随便。

[5]靖康耻：宋钦宗靖康元年（1126），金兵攻陷汴京，次年虏徽、钦二帝北去。

[6]长车：战车。

[7]缺：山口。

[8 朝天阙：朝见皇帝。天阙：皇帝的宫殿。

简析

　　此首直抒胸臆，忠义奋发，读之足以起顽振懦。起言登高有恨，并略点眼前景色。次言望远伤神，故不禁仰天长啸。"三十"两句，自痛功名未立、神州未复，感慨亦深。"莫等闲"两句，大声疾呼，唤醒普天下之血性男儿，为国雪耻。下片承上，明言国耻未雪，余憾无穷。"驾长车"三句，表明灭敌之决心，气欲凌云，声可裂石。着末，预期结果，亦见孤忠耿耿，大义凛然。（唐圭璋《唐宋词简释》）

名句

（1）三十功名尘与土，八千里路云和月。

（2）莫等闲、白了少年头，空悲切。

（3）壮志饥餐胡虏肉，笑谈渴饮匈奴血。

练习

这首词表达了作者怎样的思想感情？

28. 菩萨蛮·书江西造口壁

〔宋〕辛弃疾

郁孤台下清江水，中间多少行人泪[1]。
西北望长安，可怜无数山[2]。

青山遮不住，毕竟东流去[3]。
江晚正愁余，山深闻鹧鸪[4]。

──── 格 律 ────

菩萨蛮

中仄中仄平平仄（仄韵）　中平中仄平平仄（叶仄）　中仄仄平平（换平韵）
中平平仄平（叶平）

中平平仄仄（再换仄韵）　中仄平平仄（叶仄）　中仄仄平平（三换平韵）
中平平仄平（叶平）

注释

[1]"郁孤"二句：言滚滚清江水，饱含当年流亡者的血泪。郁孤台：在今赣州西北，因其郁然孤峙而得名。清江：江西袁江与赣江合流处，旧称清江，这里指赣江。行人：指当年在金人骚扰下奔走流亡的人。

[2]"西北"两句：遥望西北故都，无奈群山遮目。此即用李勉望阙之意。长安：借指北宋故都汴京。可怜：可惜。

[3]"青山"两句：羡江流勇决，不受群山遮拦，叹人不如水，难以北去。或谓以江水奔逝喻国势陵夷，难以收拾。

[4]"江晚"两句：正愁江晚，又闻深山鹧鸪声声，愁上添愁。愁余：使我愁苦。

　　《菩萨蛮》这一词调，通常被用来描写儿女之情。但是，辛弃疾的这首《菩萨蛮》词，却翻新出奇，成了大声镗镗的爱国抒愤之作，极具个性。

　　词起两句，由眼前所见的赣江水，感怀四十余年前金兵南侵、生民流离的深沉苦难，觉得这滔滔不绝的流水中，仍旧流淌着当年的流离失所者伤心的眼泪。这在写法上是以现实包孕历史，以实含虚，能够扩张词境的容量。那么他为什么会有这样的感怀呢？这是因为他面对南宋小朝廷苟且偷安的事实，心中先已怀着一股勃郁的爱国忧时之情，无可发泄，便借流水而发之。接下来写山，"无数山"原是取景于眼前，但是，既然作者暗用了唐代李勉在此遥望京城长安的典故，而山又成了他眺望宋朝的"长安"（实即汴京）的阻碍物，那么，这里的山就具有了一定的象征意义。它可以象征阻挠他恢复故土之志的主和派力量。而这两句合起来，又含蓄地表明了作者对中原未复、祖国南北分裂局面的忧心如焚。

　　下片起句，则霍然振起，显示出词情上的转折。并且，就像上文的青山有一定的象征意义一样，这里不畏青山遮挡的流水，这奔涌东去的出山流水，也具有特定的象征意义，它可以象征坚持抗金复土者不屈的斗志和胜利的愿望。当然，因为是设想以指事（喻情），联系到作者当时作江西提点刑狱的地方官身份，也不能说这其中没有不得不留在此地的作者见江流自由东去而油然向往的感情。写到最后，见流水青山之状而思潮翻滚的作者，情绪复归于忧郁。正在为日暮天晚而发愁的他，听到了从深山中传来的鹧鸪鸟鸣声。那"行不得也——哥哥"的叫声，仿佛是一种照人肝肺的抒愤和劝告，作者就借它抒发出了抗金恢复之事因受阻挠而"行不得"的深深悲凉感。这样，全词情思由悲痛转激昂，又由激昂转为悲凉，那种痛感国事日非、恢复不可为的殷忧之情，深深地感动过无数的后世读者。

　　在抒情方法上，除了首句的直陈沉痛之情之外，大体运用传统的比兴手法，"惜水怨山"，使山水各有其象征意义，这就增加了词的深致。在章法结构上，这首词，一篇三曲折，显示出其感情的起伏低昂。在抒情风格上，这首词则具有沉郁顿挫之妙，将爱国的热心和忧时的愁情交错互织，具有深沉郁勃的感人力量。

　　（朱德才等《辛弃疾词新释辑评》）

名句

　　（1）青山遮不住，毕竟东流去。

　　（2）江晚正愁余，山深闻鹧鸪。

练习

　　试分析词中"山""水"的象征意义。

29. 摸鱼儿

〔宋〕辛弃疾

淳熙己亥，自湖北漕移湖南，同官王正之置酒小山亭，为赋。

更能消[1]、几番风雨，匆匆春又归去。
惜春长怕花开早，何况落红[2]无数。
春且住，见说道、天涯芳草无归路[3]。
怨春不语。
算只有殷勤、画檐蛛网，尽日惹飞絮[4]。

长门事，准拟佳期又误[5]。
蛾眉[6]曾有人妒。
千金纵买相如赋，脉脉[7]此情谁诉？
君莫舞[8]，君不见、玉环飞燕[9]皆尘土！
闲愁最苦。
休去倚危栏[10]，斜阳正在、烟柳[11]断肠处。

―――――――――――〉格 律〈―――――――――――

摸鱼儿

仄平平（豆）仄平平仄（句）　平平平仄平仄（韵）　中平平仄平平仄（句）

平仄仄平平仄（韵）　平仄仄（韵）　仄中仄（豆）中平中仄平平仄（韵）

中平中仄（韵）　仄仄仄平平（句）　中平中仄（句）　中仄仄平平仄（韵）

　平平仄（句）　中仄平平仄仄（韵）　平平平仄平仄（韵）　中平中仄平平仄

（句）　中仄中平平仄（韵）　平仄仄（韵）　仄中仄（豆）中平中仄平平仄（韵）

中平中仄（韵）　仄仄仄平平（句）　中平中仄（句）　中仄仄平仄（韵）

[1] 消：经受。

[2] 落红：落花。

[3] 见说道：听说。天涯芳草无归路：天边长满了芳草，春天的去路已被堵塞。

[4] "算只有殷勤"三句：算来只有檐下的蜘蛛网还在整天地粘住纷飞的柳絮，想殷勤地挽留春天。算：料想。惹：牵，挂。

[5] 长门：汉代宫殿名，武帝陈皇后失宠后被幽闭于此，司马相如《长门赋序》："孝武皇帝陈皇后，时得幸，颇妒。别在长门宫，愁闷悲思，闻蜀郡成都司马相如天下工为文，奉黄金百斤，为相如、文君取酒，因于解悲愁之辞。而相如为文以悟主上，陈皇后复得亲幸。"准拟：约定。佳期：汉武帝与陈皇后相会的日子。

[6] 蛾眉：美女的代称。

[7] 脉脉：含情的样子。

[8] 舞：双关语，既指舞蹈，又指得意忘形，胡作非为。

[9] 玉环飞燕：杨玉环、赵飞燕，皆貌美善妒。

[10] 危栏：高楼上的栏杆。

[11] 烟柳：笼罩着烟雾的柳树。

简析

　　上片以春去作为比喻，却分作多少层次。先说再经不得几回风雨了，这是一层。因怕花落，便常常担心花开太早了，何况今已落红无数，这又是一层。但春虽归去，春又何归？故反振一笔"春且住"。为什么要住？听说"天涯芳草无归路"，这又是一层。明明无处可去，它却偏偏去了，那更无话可说，算起来只有檐前蜘蛛网胃着的飞絮是春光仅有的残痕。蛛网纤微，柳花轻薄，靠它们来留春，又能有几何。这些都反映作者对当时国事政治的十分不满，无须比附得，意自分明。下片多引古典，"长门事"以下，叙说故事，若不相蒙，而脉络贯注。上片泛写南渡的局势，下片侧重小朝廷里还有许多妒宠争妍的丑态，殊不知劫后湖山，已成残局，得意失意，将同归于尽。结用李商隐《北楼》"轻命倚危栏"诗意，一片斜阳烟柳，真是愁到极处，也就是危险到极处，无怪当时传说宋孝宗看了很不悦。（俞平伯《唐宋词选释》）

名句

（1）惜春长怕花开早，何况落红无数。

（2）千金纵买相如赋，脉脉此情谁诉？

（3）闲愁最苦。休去倚危栏，斜阳正在、烟柳断肠处。

夏承焘先生在《唐宋词欣赏》中评价此词"肝肠似火，色貌如花"。你是怎么理解的？

六

千古兴亡多少事

——咏史怀古篇

咏史诗和怀古诗是有一定的区别的。施蛰存认为：
"咏史诗是有感于某一历史事实，怀古诗是有感于某一
历史遗迹。"唐宋咏史怀古词，直接继承了咏史怀古诗
的传统。

30. 南乡子·登京口北固亭有怀

〔宋〕辛弃疾

何处望神州？满眼风光北固楼[1]。
千古兴亡多少事？悠悠，不尽长江滚滚流[2]。

年少万兜鍪，坐断东南战未休[3]。
天下英雄谁敌手？曹刘。生子当如孙仲谋[4]。

格律

南乡子

中仄仄平平（韵）　中仄平平仄仄平（韵）　中仄中平平仄仄（句）
平平（韵）　中仄平平中仄平（韵）
中仄仄平平（韵）　中仄平平仄仄平（韵）　中仄中平平仄仄（句）
平平（韵）　中仄平平中仄平（韵）

注释

[1] "何处"两句：纵目环视，楼头山水风光无限，但中原故国何在？按：此两句
倒装句法。神州：指沦陷的北方。

[2] "千古"三句：感叹古今兴亡无尽无休，犹如眼前江水滚滚东流。悠悠：迢迢
不断貌。

[3] "年少"两句：赞美孙权少年英雄独霸江东，称雄一时。兜鍪（dōu móu）：
头盔，代指兵士。万兜鍪，犹言千军万马。坐断：占据。

[4] "天下"三句：谓当时能与孙权匹敌称雄者，唯曹操和刘备。英雄曹刘：《三
国志·蜀先主传》载，曹操曾与刘备论天下英雄，说："今天下英雄惟使君
（指刘备）与操耳，本初（指袁绍）之徒不足数也。"后《三国演义》中"青

梅煮酒论英雄"一节即据此。生子当如孙仲谋:《三国志·孙权传》注引《吴历》云:曹操尝与孙权对垒,"见舟船、器仗、军伍整肃,喟然叹曰:'生子当如孙仲谋,刘景升儿子(指刘琮)若豚犬(猪狗)耳。'"。

简析

这也是作者晚年名作之一,与《永遇乐·千古江山》都作于镇江知府任上,同样为怀古寓今之作,但此篇在笔法上却自成一路。

它以自问自答的笔法推进,以古人语为表意手段,以简洁明快、流畅自然的风格,表达出对于争雄中原的孙权的向往之情。

上片泛写登览怀古之情。起句劈首一问,气势不凡,接句点出是在北固楼上遥望神州大地,答得苍凉而沉郁。"满眼风光"数词,把北固楼的景观与神州景观一笔包举,大笔振迅。以下承"神州"二字而来,感慨在这辽阔壮伟的神州之上,千古以来无数的兴亡往事。而以"多少"一问,就化平直为空灵,尽包容兴亡往事又不必一一举实。以下是对这一问讯的不答之答,他先以"悠悠"一词,总写对于兴亡的邈远之思,再以长江滚滚奔流的情状,把自然的永恒和人间代谢的短暂寄寓其中,颇有"大江东去,浪淘尽"的情感意味。同时,在这不答之答中,"悠悠"的感觉和长江滚滚的意象,也有兴亡不断、如长江后浪推前浪的意味,所以此答可谓内涵深远。

下片专写对于孙权的遥想之情。这是就地怀古,而专取孙权,主题集中。他先平叙孙权以年少之身,不肯屈身言败,而是率领千军万马雄踞江东,与曹刘等前辈争雄的凛凛威风,虎虎生气。"战未休"三字,颇有不以一时成败定终身的豪情,对于一遇战败则轻己事敌的南宋统治者很有针对性。以下先用曹操刘备陪衬孙权,谓孙权虽然年少,可却是足以与曹刘同称为天下英雄的人物,这就把曹操夸赞刘备的语言,在范围上作了扩大,用典而能化以自己的意思。

最后,更直接袭用曹操欣赏孙权的语言,表明作者与曹操英雄所见略同,对能战胜强敌而巩固发展江南国土的孙权是崇敬赞美,而对于屈身事人的刘表之子则充满蔑视。从他袭用曹操议论孙权等人的语言中可见,他对于南宋统治者学刘表之子的怯懦无能、而不能学孙权的英勇抗敌,充满了不满与讽刺。这不满和讽刺,并不是作者直接站出来所作的议论,但在表达力上却也不逊色于自作评论。

从本词里可见，作者晚年虽然有志于恢复大业，但对南宋统治者的怯懦并非没有见识。他借古讽今，以孙权的业绩来激励当世，但也未始不含有对于南宋统治者将来作为的忧心。（朱德才等《辛弃疾词新释辑评》）

名句

　　（1）千古兴亡多少事？悠悠，不尽长江滚滚流。

　　（2）天下英雄谁敌手？曹刘。生子当如孙仲谋。

练习

　　请品味"千古兴亡多少事？悠悠，不尽长江滚滚流"的丰富内涵。

七

似花还似非花

——咏物写意篇

咏物词的审美要求是形神兼备，不即不离。所谓形
神兼备，是指既要写出所咏之物的外在特点，又要写出
其内在精神。所谓不即不离，是指既要扣住所咏之物，
又要超越所咏之物，既扣得住，又放得开。清代刘熙载
《艺概》："东坡《水龙吟》起句云：'似花还似非
花。'此句可作全词评语，盖不即不离也。""不即不
离"，不仅是《水龙吟》这首咏物词的一大艺术特色，
也应是所有咏物词的基本创作要求。

31. 水龙吟·次韵章质夫杨花词 [1]

〔宋〕苏 轼

似花还似非花，也无人惜从教 [2] 坠。

抛家傍路 [3]，思量却是，无情有思 [4]。

萦损柔肠 [5]，困酣娇眼 [6]，欲开还闭。

梦随风万里，寻郎去处，又还被、莺呼起。

不恨此花飞尽，恨西园、落红难缀 [7]。

晓来雨过，遗踪何在？一池萍碎 [8]。

春色 [9] 三分，二分尘土，一分流水。

细看来，不是杨花，点点是离人泪。

——— 格 律 ———

水龙吟

　　仄平中仄平平（句）　中平中仄平平仄（韵）　中平仄仄（句）　中平中仄（句）　中平中仄（韵）　中仄平平（句）　中平中仄（句）　中平平仄（韵）　仄中平中仄（句）　中平中仄（句）　中平仄（句）　平平仄（韵）

　　中仄中平中仄（句或韵）　仄平平（豆）中平平仄（韵）　中平中仄（句）　中平平仄（句）　中平平仄（韵）　中仄平平（句）　中平中仄（句）　中平平仄（韵）　仄平平仄仄（句）　中平中仄（句）　仄平平仄（韵）

注释

[1] 次韵：用原作之韵，并按照原作用韵次序进行创作，称为次韵。章质夫：章楶（jié），建州浦城（今属福建）人。杨花：柳絮。

[2] 从：任凭。教：使。

[3] 抛家傍路：杨花离开枝头，飘落路旁。

[4] 无情有思（sì）：言杨花看似无情，却自有它的愁思。思：心绪，情思。

[5] 萦：萦绕、牵念。损：坏。柔肠：柳枝细长柔软，故以柔肠为喻。用唐白居易
《杨柳枝》诗："人言柳叶似愁眉，更有愁肠如柳枝。"

[6] 困酣：困倦之极。娇眼：美人娇媚的眼睛，比喻初生的柳叶。古人诗赋中常称
初生的柳叶为柳眼。

[7] 落红：落花。缀：连接。

[8] 一池萍碎：杨花落入水中，化为一池碎萍。

[9] 春色：代指杨花。

简析

　　此首咏杨花，遗貌取神，压倒古今。起处，"似花还似非花"两句，咏杨花
确切，不得移咏他花。人皆惜花，谁复惜杨花者？全篇皆从一"惜"字生发。"抛
家"三句，承"坠"字，写杨花之态，惜其飘落无归也。"萦损"三句，摹写杨
花之神，惜其忽飞忽坠也。"梦随风"三句，摄出杨花之魂，惜其忽往忽还也。
以上写杨花飞舞之正面已毕。下片，更申言杨花之归宿，"惜"意愈深。"不恨"
两句，从"飞尽"说起，惜春事已了也。"晓来"二句，惜杨花之经雨也。"春
色"三句，惜杨花之沾泥落水也。"细看来"两句，更点出杨花是泪来，将全篇
提醒。郑叔问所谓"画龙点睛"者是也。又自"晓来"以下，一气连贯，文笔空
灵。（唐圭璋《唐宋词简释》）

名句

（1）梦随风万里，寻郎去处，又还被、莺呼起。

（2）春色三分，二分尘土，一分流水。

（3）细看来，不是杨花，点点是离人泪。

（1）夺胎换骨

东坡和章质夫杨花词云"思量却是，无情有思"，用老杜"落絮游丝亦有情"也。"梦随风万里，寻郎去处，又还被莺呼起"，即唐人诗（金昌绪《春怨》）云："打起黄莺儿，莫教枝上啼。啼时惊妾梦，不得到辽西。""细看来，不是杨花，点点是离人泪"，即唐人诗云："时人有酒送张八，惟我无酒送张八。君看陌上红梅花，尽是离人眼中血。"皆夺胎换骨手。（曾季狸《艇斋诗话》）

（2）不即不离

东坡《水龙吟》起句云："似花还似非花。"此句可作全词评语，盖不即不离也。（刘熙载《艺概》）

练习

刘熙载《艺概》："东坡《水龙吟》起句云：'似花还似非花。'此句可作全词评语，盖不即不离也。"试分析这首咏物词"不即不离"的艺术特点。

32. 卜算子·咏梅

〔宋〕陆 游

驿外^[1]断桥边，寂寞开无主^[2]。
已是黄昏独自愁，更著^[3]风和雨。

无意苦争春^[4]，一任群芳妒^[5]。
零落成泥碾作尘^[6]，只有香如故。

格律

卜算子

中仄仄平平（句）　中仄平平仄（韵）　中仄平平仄仄平（句）　中仄平平仄（韵）

中仄仄平平（句）　中仄平平仄（韵）　中仄平平仄仄平（句）　中仄平平仄（韵）

注释

[1] 驿（yì）外：指荒僻、冷清之地。驿：驿站。

[2] 无主：自生自灭，无人培护、无人欣赏。

[3] 更著（zhuó）：又遭到。

[4] 无意：不想，没有心思。苦：尽力，竭力。争春：与百花争奇斗艳。

[5] 一任：全任，完全听凭；一：副词，全，完全。任：动词，任凭。群芳：群花、百花，这里借指诗人政敌——苟且偷安的主和派。

[6] 零落：凋谢，陨落。碾（niǎn）：这里指被车轮轧碎。作尘：化作灰土。

简析

　　此首咏梅，取神不取貌，梅之高格劲节，皆能显出。起言梅开之处，驿外断桥，不在乎玉堂金屋；寂寞自开，不同乎浮花浪蕊。次言梅开之时，又是黄昏，又是风雨交加，梅之遭遇如此，故惟有独自生愁耳。下片，说明不与群芳争春之意，"零落"两句，更揭出梅之真性，深刻无匹。咏梅即以自喻，与东坡咏鸿同意。东坡放翁，固皆为忠忱郁勃，念念不忘君国之人也。（唐圭璋《唐宋词简释》）

名句

（1）无意苦争春，一任群芳妒。

（2）零落成泥碾作尘，只有香如故。

———— 链 接 /————

比较阅读

　　陆游在这首词中以受到风雨摧残和群花妒忌的梅花自喻，宣称：即使被粉碎成尘也不会改变它芳香的品质。虽然表达了他对理想的坚持，但同时也反映了他孤芳自赏的心情。毛泽东主席的《咏梅》词反其意而用之，描写梅花在和冰雪斗争中显得更加俏丽，而且在迎来春天之后，她在百花丛中欢笑；抒写了乐观主义和集体主义精神。

　　附：

卜算子·咏梅

毛泽东

读陆游咏梅词，反其意而用之。

风雨送春归，飞雪迎春到。已是悬崖百丈冰，犹有花枝俏。

俏也不争春，只把春来报。待到山花烂漫时，她在丛中笑。

练习

试分析陆游这首咏物词的主要表现手法。

唐宋词概说

胡云翼

  词是唐朝兴起的一种配乐歌唱的新的文学样式，经过五代到宋朝长期不断的发展，产生了许多优秀作品，成为我国历史上宝贵的文学遗产之一。

  这种新的文学样式最初起源于民间。敦煌石室里保存下来的唐朝民间词数量不在少数，其中有的还是唐朝初期的作品。词在文坛上流行起来，是在唐朝诗人接受了民间词的影响之后。从晚唐到五代，文人的词逐步达到成熟的阶段，产生了像温庭筠、韦庄、李煜那些著名的词人，并且形成一个以温、韦为首的风格婉约、绮丽的流派。

  宋朝是词的丰富多彩的时代。北宋初期，晏殊、欧阳修等词人，继承了晚唐、五代词的风格，写的词简练含蓄。柳永却长于铺叙形容，写长调有独到之处。后来的词人学会了含蓄和铺叙两种表现手法，像秦观、李清照用笔灵活，风格也显得有变化。苏轼开创了豪放的一派，丰富了词的内容，让复杂的思想感情在词里得到了表现。辛弃疾在苏词的基础上更扩展了写作的范围，表现了强烈的爱国思想，成为南宋词坛最优秀的典范。南宋其他的爱国词人，像张元干、张孝祥、陆游、刘克庄、刘辰翁等，都是值得推荐的。此外还须提到婉约派的代表作家北宋的周邦彦和南宋的姜夔。他们的词特别重视格律的严整，内容离社会现实较远，可是艺术上却有一定的成就。南宋后期由于多数作者过分强调格律，追求技巧，词的发展便在很大的程度上受到了限制。

  词，就它的内容说，就是抒情诗，是诗的一种。就它的体制说，则比诗体要复杂得多。因为词本是曲子词（歌词），是要依照词调（也叫词牌）来写的。每一个词调都有特定的形式格律。

  一般说，词调并不是词的题目。早期的词调本有些兼用作题目，像《渔歌子》写的渔民生活，《忆江南》写的怀念江南。但是多数词人都不把词调作为题目，仅仅把它当作词谱看待。到了宋朝，有些词人为了表明词意，常常在词调下面另加题目，或者还写上一段小序。

  词的形式，基本上是长短句，只有少数的词像《竹枝词》《浣溪沙》《生查子》才是字句整齐的。每个词调的字数有多有少，简短的像《十六字令》只有十六个字，长的像《莺啼序》就有二百四十个字。一般词调的字数和句子的长短都是固定的，只有一部分早期的民间词伸缩性大些。有的词还不止一体，像《浪淘沙》，二十八字体是一种，五十四字体又是一种。词一般都分作两段（叫做上下片或上下阕），不分段或分三四段的是极少数。

词中声韵的规定特别严格。每个句子里用字都要讲究平仄声的区别，哪个字该平，哪个字该仄，都不能含糊（除了少数可平可仄的字）。安排韵脚的情况也因词调而各各不同。

词本是一种和音乐紧密结合着的文学样式，它的格律严密而且多样化。古代杰出的词人在创作方面付出了辛勤的劳动，学会了自由运用这些格律的熟练技巧。他们精雕细琢，写出许多内容绚烂多彩、风格优美、文字精炼的抒情词，表现出我国文学艺术的特色。但是由于格律太严，思想内容容易受到束缚，这不能不说是这种样式的重大缺点。（节选自《唐宋词一百首·前言》）

征引文献

一、著作

[1] 中国社会科学院文学研究所 . 唐宋词选 [M]. 北京：人民文学出版社，1982.

[2] 胡云翼 . 唐宋词一百首 [M]. 上海：上海古籍出版社，1978.

[3] 唐圭璋 . 唐宋词简释 [M]. 上海：上海古籍出版社，1981.

[4] 俞陛云 . 唐五代两宋词选释 [M]. 上海：上海古籍出版社，1985.

[5] 俞平伯 . 唐宋词选释 [M]. 北京：人民文学出版社，1979.

[6] 夏承焘 . 唐宋词欣赏 [M]. 北京：北京出版社，2002.

[7] 唐圭璋，周汝昌，缪钺，等 . 唐宋词鉴赏辞典 [M]. 上海：上海辞书出版社，1988.

[8] 朱德才，薛祥生，邓红梅 . 辛弃疾词新释辑评 [M]. 北京：中国书店，2006.

[9] 沈祖棻 . 宋词赏析 [M]. 上海：上海古籍出版社，1980.

[10] 王兆鹏 . 唐宋词分类选讲 [M]. 北京：高等教育出版社，2007.

[11] 王兆鹏 . 吟赏烟霞：唐宋词名篇导读 [M]. 北京：群言出版社，2016.

[12] 徐旭平 . 唐宋诗词分类鉴赏 [M]. 昆明：云南大学出版社，2011.

[13] 夏传才 . 中国古典诗词名篇分类鉴赏辞典 [M]. 徐州：中国矿业大学出版社，1991.

[14] 王兆鹏 . 唐宋词汇评·唐五代卷 [M]. 杭州：浙江教育出版社，2004.

[15] 吴熊和 . 唐宋词汇评·两宋卷 [M]. 杭州：浙江教育出版社，2004.

[16] 周振甫 . 诗词例话 [M]. 北京：中国青年出版社，2006.

[17] 王国维 . 人间词话 [M]. 北京：中华书局，2009.

[18] 龙榆生 . 唐宋词格律 [M]. 上海：上海古籍出版社，1978.

[19] 刘熙载 . 艺概 [M]. 上海：上海古籍出版社，1978.

二、期刊

[1] 陈琴 . 对面着笔情更浓——浅谈古典诗词中的一种抒情方式 [J]. 阅读与鉴（下旬刊），2010（4）.

[2] 潘向黎 . 唐宋诗人的绰号 [J]. 中华活页文选，2009（8）.

[3] 李涛 . 试谈古诗词中写愁艺术 [J]. 语文教学与研究，2007（11）.

后 记

  这本小书终于要正式出版了，我感到由衷高兴，同时也满怀谢意和歉意。

  在小书的编写过程中，我深感学力不足，涉足唐宋词，有些自不量力。感谢几届学生对小书的厚爱。特别是雪娇同学，上大学之后，还将本书的油印件带在身边，背诵高中阶段尚未背完的篇目。你们的厚爱，给了我无穷的力量，促使我知其不可为而为之，硬着头皮把编写工作坚持下去。

  正因为学识浅薄，无法独立完成编写工作，所以，在编写过程中，参考了诸多专家时贤的文献，而"链接"部分，更是直接摘录专家的文章，"简析"部分，也部分沿用了专家的成果。受条件限制，未能与著作权人一一取得联系。在此，一并向专家学者致歉，并致以最诚挚的谢意！

  感谢肖立俊、刘朝敏、彭庆书老师对本书编写提出宝贵的意见！感谢巫溪中学和巫溪县白马中学领导对本书编写、出版工作的大力支持！

  在本课程实施过程中，我的同事做了大量的工作，写教案，制课件，讲课录课，组织竞赛活动。特别是巫溪中学向远平老师，曾单独在其班级讲授本课程，付出了大量的心血。各位忙碌的身影，一直深深地印在我的脑海里。大家辛苦了！

  最后要感谢责任编辑李云伟老师。在本书编写过程中，李老师给了我诸多详细、具体的指导意见，为提高本书的质量尽心尽力。交稿后，李老师精心校对，精心排版，找设计师精心设计封面，让本书增色不少。李老师认真负责的工作态度、严谨细致的工作作风，让我感动钦佩。在此，向李老师致以最诚挚的谢意。

薛成亮

2021 年 8 月